有一种生活叫『江南』

陈华清 著

中国言实出版社

图书在版编目（CIP）数据

有一种生活叫"江南"／陈华清著. —北京：中
国言实出版社，2014.4

ISBN 978-7-5171-0496-4

Ⅰ.①有… Ⅱ.①陈… Ⅲ.①散文集-中国-当
代 Ⅳ.①I267

中国版本图书馆 CIP 数据核字（2014）第 060085 号

责任编辑：郭江妮

出版发行 中国言实出版社
　　　　地　　址：北京市朝阳区北苑路 180 号加利大厦 5 号楼 105 室
　　　　邮　　编：100101
　　　　编辑部：北京市西城区百万庄大街甲 16 号五层
　　　　邮　　编：100037
　　　　电　　话：64924853（总编室）　64924716（发行部）
　　　　网　　址：www.zgyscbs.cn
　　　　E-mail：zgyscbs@263.net
经　　销 新华书店
印　　刷 北京毅峰迅捷印刷有限公司
版　　次 2014 年 6 月第 1 版　2024 年 1 月第 2 次印刷
规　　格 880 毫米×1230 毫米　1/32　8 印张
字　　数 150 千字
定　　价 46.00 元　ISBN 978-7-5171-0496-4

诗意行走（代序）/徐广华

很多人认为，写散文很容易，正如莫里哀《暴发户》中的儒尔丹听说自己"尼哥，给我把拖鞋和睡帽拿来"这句话就是散文时，不禁得意地喊道："天哪，我说散文说了四十年，自己还一直都不知道！"作为散文爱好者和写作者，我知道真正的散文写作并非易事。我们通常理解的散文，是散漫的文字，是流水账般的日常记述，是历史资料的堆砌。这并不是真正意义上的散文，真正的散文如美国一位有名的小说家所说，应该潜藏诗的性情。

江南是诗意的，是厚重的。自古以来，写江南的文字数不胜数。阅读陈华清这本写江南的旅游散文，我感觉一股浓郁的诗情画意扑面而来。这种散文富有诗情，具有很强的阅读性，适合青少年阅读，也适合具有闲情逸致的小资灯下漫读。

　　总体感觉，陈华清的旅游散文属于诗意行走。这本旅游散文集是陈华清游走在江南名山大川的至情之作。不过，你千万不要简单地认为这是一般性的游记，只是简单的景点介绍。这些文字充满了抒情色彩，正应了那句话，"一切景语皆情语"，作者让这些被人写烂了的景观焕发出新的魅力。写杭州，作者写了桃花，仅仅看题目，就足以夺人心魄，"一树桃红，一树繁梦"，作者笔下的杭州，"桃花，不时给你带来粉红的惊喜。在雷峰塔下，在花港观鱼……美丽的桃花向游人抿嘴浅笑，眉目含春。这些桃花，一枝枝，一树树，一丛丛，一坡坡，或是一支独秀，或是成林成海"，这样的描写让你领略到杭州的另一番风采。杭州不唯有桃花，还有松鼠，"不曾想，西湖也是松鼠的天堂，这些小精灵也属于画船载酒的西湖，而且还是西湖灵动的一笔"，作者细腻的描绘，不仅让人发现松鼠的美，而且也感受到陈华清语言的魅力。再如，《滑落心底的悦鸣》《一湖春柳一湖诗》《从来佳茗似佳人》《屯溪老街：繁华不只是旧日时光》等等篇目，皆是美景美文，在陈华清的散文里比比皆是。

　　陈华清的旅游散文，不仅仅是对自然风光的描绘，而且在自然景观之中还融入了人文景观。写杭州的篇目中，她写到了杭州"凄美的爱情"。"江南杭州的山水是秀丽的，也是多情的。那些拱桥、群山、泉瀑、阁亭、高塔、楼宇、洞院等曾有爱情走过,演绎过一场场漫天的风花雪月。自古以来,杭州留下许多凄美哀婉的爱情故事,堪称'爱情之都'、'浪漫之都'"。这是《江南,那些凄美的爱情》中的首段,这样的描述简洁而生动,把人一下子带入了杭州那古老的爱情传说。作者紧接着说,"你来杭州,一不小心,一转身,就会跟那些古老的爱情撞个满怀",富有灵性的文字,恰好匹配这优美的爱情。白娘子,祝英台,风华绝代的风尘女子苏小小,钱塘歌妓琴操,这些千百年来让后人牵肠挂肚的女子,在陈华清笔下又多了一层妩媚。陈华清的人物叙述是淡淡的,将情埋在笔端,读后令人唏嘘。

陈华清写景,总能抓住最能触动人心的部分,让读者读之再读,无法释怀。"在杭州,我看到冬的痕迹与春的萌动,感受到生命的无奈与精彩。为生命惊叹,为生命惊喜。"这是《一树桃红,一树繁梦》的开头部分,读到这里,你不会不往下读。人们记住了桃红,就会记住杭州,当然也会记住陈华清的文字。

陈华清的写作内容大多是这类记游文字,有很美的情调,这种美的情调还源于她文字的精致。陈华清用语考究,似乎字斟句酌,她的言辞富有韵味。

富有韵味的语言，首先表现在对古诗词的化解与活用。"莲，昨夜你们有没有凌波起舞？可有一曲短笛脉波转？一片笙歌醉里归？没有，一定没有。那三生石上的期盼，鸳鸯浦上的梦境，还有那渺渺的愁绪，你一定统统埋藏在田田的叶子底下。你独自地，在雨中哀怨，在风中销魂，且让愁随南浦。"（《拙政园，雨后的莲荷》）从这些文字不难看出她如何把古诗句巧妙运用在自己的叙述中，成为自己语言的一部分，而不露痕迹。

其次，富有韵味的语言，源于她善于调动各种描写手段。她写江南烟雨，"丝丝缕缕，密密斜斜，朦朦胧胧，袅袅娜娜，娉娉婷婷，缠缠绵绵，粘粘稠稠。如烟似雾，如梦似幻，如同一幅淡淡的水墨画，恍若一曲如梦令，更是一首婉约词。吸一口气，清清凉凉，透心透肺，似乎还有一丝清甜味。"这是典型的描写，有比喻，也有通感。这样的描写，使语言富有美感。

富有韵味的语言，还表现在她语言的抒情性。"莲，昨夜那场缠绵悱恻的夏雨，一定是那个翩跹少年打你日夜守望的莲塘经过，他一定看到了你田田的心事，他的身影偶然地投在你的莲心。他转身，他回眸，他飘忽，像无脚的云，似无根的风，飘来，又飘走。飘远了那身影，只留下一池的叹息，一塘的幽怨。"，这是写"莲荷"，作者赋予莲荷生命色彩，这样的语言因极具抒情性而让人喜欢。

散文作品，语言很重要，但是文学的本质并非仅仅是语言的优美，说到底，作品要有深刻的思想。陈华清散文在注重语言的雕刻的同时，还给读者传达对社会、对人文的关注，这是她的散文最大的成功之处。我们从诸多篇章中可以看到这一点。《西湖松鼠》一文是对这一主题的颂扬。"在西湖邂逅松鼠，是我的江南行的一笔意外收获。是偶然，也是必然。创设良好的生态环境和人文环境，人类必然收获惊喜。"作者在诗意行走的路途中，关注的不仅仅是美景，更多的是对生态环境的期许。人类在当今社会面临的一大问题就是环境问题，作为一个有良知的作家，是不能回避这些问题的。

在这些散文中，还有一部分关注人文、关注历史的篇章令人惊喜。陈华清散文中透露着深刻的思想，警醒人们关心自然，回顾历史，从而关爱人类自己。《西湖松鼠》《寻找雨巷》《拜谒南京中山陵》《莫愁湖：一湖英雄儿女事》《泰戈尔曾住在这里》等，则具有厚重的历史感。

虽然早在很久之前，我就开始阅读陈华清的散文，但是对陈华清散文特色的把握，我还是只能见一斑而不能知全貌。法国诗人瓦雷里说："我宁愿我的诗被一个人读了一千遍，也不愿被一千个人只读了一遍。"陈华清肯定会希望她的散文有更多的读者多读几遍的，而不是匆匆地浏览。

陈华清从 2008 年开始写旅游散文，短短几年，便有大量优美文字问世，让人艳羡。后来又涉猎小小说领域，且成就不菲，令人欢喜。作为在文字漫步中偶然相遇的文友，我为陈华清暗自叫好，也祝愿她在文学的道路上走得更远。

目 录

"浪漫之都"之杭州篇

一树桃红，一树繁梦

江南。早春。春寒料峭。

冬的痕迹依稀可见。残喘的冬与挥着翅膀的春依然在交锋。我感受到生命的无奈与精彩。为生命惊叹，为生命惊喜。

一踏上杭州的土地，最叫我惊讶的是那些梧桐树。杭州多的是法国梧桐树。每条大道两旁你都可以见到它们高大的身影。无情的冬把它们的叶子全部拨光了，只剩下光秃秃的枝枝节节。春天还无力给它们披上绿装。

杭州，灰灰的天空，灰灰的梧桐树。看惯了粤海四季常绿的树木，乍一见光秃秃的梧桐树，心也变得灰灰的。然而，当我看到桃花的一刹那，心底的灰色顿时化作明媚的艳红，重燃的热情淹没在桃红花海。

那一树粉红，似一树繁华梦境。

最先看到桃花是在杭州的宋城。刚看完被称为"宋城灵魂"的大型歌舞《宋城千古情》，思绪还没有从"给我一天，还你千年"的恍如隔世中走出，走在前面的晴兴奋地大声叫："前面有桃花，快过来看！"我半信半疑快步小跑。果然，在临水的道旁，一树桃花独自怒放。"争花不待叶，密缀欲无条。"没有一片树叶，没有空着的枝头，满树满枝都是粉红粉红的花朵，灿如朝霞。那么艳丽，那么可爱，像婷婷玉立的红粉佳人，临水照面，对镜贴花红。

"桃花春色暖先开，明媚谁人不看来。"我简直不敢相信自己的眼睛。周围的植物全被寒霜打得垂头丧气，毫无生机。而在世人眼中娇嫩的桃花，在寒意依然袭人的初春二月啊，无畏无惧地绽放。

我伸手去触感，去抚摸。那质地，那手感告诉我，真

是桃花啊！花间忙忙碌碌，来来回回，嗡嗡轻吟的蜜蜂也告诉我，真是桃花！没有十里桃红那么壮观，没有如海似潮的铺天盖地，只是在宋城的一隅，只是一隅，已染红我的心海，已铺成粉红的震撼！古香古色的宋城，让人想起的是历史，是沉重。这一树桃花给古朴的宋城带来春的气息，勃勃的生命激情。

有趣的是，在城墙一处桃花的旁边有梅花作伴。红桃，白梅，相映成趣。自古以来，人们盛赞梅花迎寒斗霜，香自苦寒来，给她数不清的美誉。而桃花，人们往往把她跟美艳，甚至与"轻佻"联在一起，认为"轻薄桃花逐水流"。自古以来，人们对桃花像梅花一样不畏春寒，点染初春这点却忽略了。这对桃花来说，是不公平的。

我说，桃花不仅是美的天使，还是勇敢的战士。桃花是值得赞美的。美在外形，美在风骨。

柳绿桃红，这是春天赠送给江南的一大礼物。在西湖，唱主角的是从唐诗宋词走出来的杨柳。桃花只不过是婀娜多姿的杨柳的点缀。如果把西湖比作一个美女子，那么杨柳就是她长长的秀发，曼妙的腰枝，而桃花就是她的樱桃小嘴。虽然只是朱颜一点，却是妩媚顿生，风姿倍增。

绕西湖走一圈，随处可见的绝胜佳境让你目不暇接，赞叹不已。而桃花，不时给你带来粉红的惊喜。在雷峰塔下，在花港观鱼……美丽的桃花向游人抿嘴浅笑，眉目含春。这些桃花，一枝枝，一树树，一丛丛，一坡坡，或是一支独秀，或是成林成海，"满树和娇烂漫红，万枝丹彩灼春融"，你一不小心就醉在花海桃林。

在桃花树下，不时见到爱美的姑娘跟桃花合影。花如人，人似花。不知是花如人美，还是人比花娇。一对情侣在花丛扑蝶，嬉戏。姑娘美丽的脸庞白里透红，那般粉红，就如这桃花，叫人不由平添出几分爱恋。如果崔护再世，定会再度发出"人面桃花相映红"的赞叹，也许还有那么一点点妒意。

西湖松鼠

初春的杭州西湖，一边是春暖花开，绿树如盖，碧草如茵，繁花似锦；一边是枯枝瑟瑟斗春寒。

最初见到松鼠就是在西湖旁边的法国梧桐树上。当时，在梧桐树光秃秃的枝枝丫丫间，有几个灰黑色的身影在跃动、追逐。在灰蓝色的天幕下，这些不断跳跃的灰黑身影，就像一个个律动的音符，又像一个个写在春天的感叹号。

我以为自己看错了眼，目光不由自主地随着那身影移动。等它们跳下树，在草丛中用鼻子左嗅嗅，右闻闻，这才看清楚，原来是松鼠！我又惊又喜，赶忙跑过去。

在我的印象中，松鼠是属于人迹罕至的深山老林的。它生活在这样的画面：浓密的针叶林中，成群结队的松鼠在松林间嬉戏追逐，采摘松果；在密叶筛落的阳光下，美美地蘸着阳光吃果子，安然享受大自然的恩赐。

不曾想，西湖也是松鼠的天堂，这些小精灵也属于画船载酒的西湖，而且还是西湖灵动的一笔。

在一棵枝繁叶茂的大樟树下，一只小松鼠在津津有味、旁若无人地享用早餐。小巧而清秀的脸上镶嵌着圆溜溜的大眼睛，显得精灵又可爱。全身灰褐色的皮毛，尾巴又粗又长，直起身子的时候，毛茸茸的大尾巴向上翘起。它用前爪捧起饲养员送来的水果，蘸着春风，不断地啃，啃，啃，那样子像极了向人作揖行礼的绅士，憨态可掬。

一个穿红色羽绒服的小女孩，一看见小松鼠，马上欢喜地挣脱奶奶的手，从爷爷手里拿过几块饼干，递到小松鼠的面前，仰起春天般的脸，说道："小松鼠，小松鼠，给你饼干，吃吧！吃吧！"小松鼠毫不客气地接过小姑娘递过来的饼干，大大方方地往嘴里送。一边吃一边用圆溜溜的大眼睛瞅瞅小姑娘，又瞅瞅围观的游人，一点也不生分。那神态仿佛说："真好吃，真好吃，谢谢你！"小姑娘咯咯地笑了，友善的笑容也绽放在其他游人的脸上。

突然，我听到"吱吱"的叫声，这声音很清脆、很温驯，如同明媚的阳光从枝叶间渗漏，筛落一地，散在春天，一点一点冲击着我的心灵。松鼠的叫声原来也如此地动人！也许它的叫声本来就动人，只是我们没注意到。正如很多美好的东西本来就存在，只是因为我们的忽略而错过。

"静坐时看松鼠饮，醉眠不碍山禽浴。"这是刘子寰《满江红》中的词句，这意境很美。我也享受着这意境，停下匆匆的脚步，悠然地坐在西湖边的长凳上，沐浴着暖暖的春光，看小松鼠在春天绿地毯似的草地上，怡然自得地追逐、奔跑、嬉戏、打滚。一只胖乎乎的松鼠"倏"地爬上树叶似盖的香樟树，用铁钩似的爪子勾住树枝，俯身探头，得意地向下看着同伴。那顽皮的神情似乎在说："上来跟我玩啊！"一会儿，它又趴在树枝上，仰视上方，悠然自得。不知是欣赏白云飘荡，还是聆听小鸟啁啾，或是静听花开。那神态可爱极了！我情不自禁地用镜头瞄准它，轻手轻脚地靠近，想定格它春天的仰视。

西子湖畔，有不少人像我一样追拍松鼠，也有人架起画架在描摹。

我不由想起画家朱颖人。朱先生工作、生活在位于杭州南山路的中国美院，他钟爱西子湖畔的松鼠，观察了数十年，跟这些可爱的小精灵结下不解之缘。心追手摹，从上个世纪的七十年代开始画松鼠，一画就是三十多年，直到现在依然痴心不改。每当有人索画，朱教授欣然提笔作画的总是他心爱的松鼠。在中国历代"松鼠画廊"上，恐怕没有谁像他那样如此倾情于松鼠了。

打开朱教授画的数百张松鼠图，那简直是一部精彩的西湖松鼠生存环境的变迁史，令人感慨，叫人惊喜。

创作于 1991 年的《古藤松鼠》，画面上的松鼠探头探脑，灵敏又机警，似乎生怕被人惊扰。那时的人们环保意识不强，曾出现惊扰、捕捉松鼠的情况，甚至发生烹松鼠吃这样令人毛骨悚然的事。于是，松鼠不敢亲近市民，跟他们保持一定的距离。朱先生给这幅画题词："相距十数步，石间松鼠相逐，亦奔亦跳，初似戏嬉，复以寻找，尤带惶恐……静而观之却远我去也，何其怪哉？"这个题词就是对当时情形的真实反映。

从上世纪九十年代后期开始，西湖松鼠交上好运。杭州人不但整治湖山景区环境，给松鼠提供了如同人间仙境般的生态环境，而且环保意识提高了，人与动物开始和谐相处。人与山水，人与动物，构成千年西子湖最美的画面。朱先生欣慰地说："当今盛世，经济腾飞，保护自然尔亦有幸。"他把满心的欢喜挥洒在《梅花松鼠》图中。画中那只悠然自得、翘首望天的小松鼠，心情亦如红梅怒放，浓烈满树吧？

进入新世纪，西湖的生态环境和人文环境，更是如诗似画，成了名副其实的"天堂"了。松鼠在这个"天堂"里繁殖生存，数量比三十年前多了四五倍。朱先生看在眼里，喜在心头，又欣然提笔作画。"老来红树江南梦，共处湖山新景中。"《今看松鼠好运来》与《湖山新景》图，描绘的就是这样的新景象。

松鼠从开始的怕人到现在与人亲密无间，这个变化，折射出一个民族物质生活与精神风貌的变化。松鼠有幸，成了西湖三十年变迁的"见证者"，人类有幸，能与如此可爱的小动物和谐相处。

在西湖邂逅松鼠，是我的江南行的一笔意外收获。是偶然，也是必然。创设良好的生态环境和人文环境，人类必然收获惊喜。

滑落心底的悦鸣

一

古人说"以鸟鸣春"。今年听到的第一声鸟鸣，是在江南，在西子湖畔。这是春天的鸣叫，春天的乐曲。

早晨的西子湖，水气袅袅，烟雾茫茫，水天一色。远处的山也是灰蒙蒙，空茫茫。远山、近水、花草树木，统统笼罩在烟雾迷茫中，像一幅淡淡的水墨画。好一个"淡妆浓抹总相宜"的西子湖啊。我站在湖畔，看着如烟似雾的湖光山色，呼吸着灵山秀水的氤氲气息，迷失在春风沉醉的烟雾中。

"啁啁"，一声，两声，三两声，我头上划过清脆的鸣叫，划过欢快的音韵。那精致的鸣唱，就如这清晨透明的露珠，滑落我心底，打湿我的情思，溅起阵阵喜悦的涟漪。烟雾弥漫的早晨，因了这些悦耳的韵律，顿时变得明丽起来。

那是春天的欢鸣。

你看，春天的小鸟们情绪高涨，亮着嗓子放声歌唱。"叽叽喳喳"，"啁啁啾啾""呢呢喃喃"，"关关嘤嘤"。一会儿大合唱，一会儿独唱。时高时低，时远时近，时有时无，时疏时密，此起彼伏，仿佛是比赛似的，婉转动听。它们唱着晨曲，和着春天的旋律，吹响春天的哨音。

长年生活在城市的格子水泥森林间，听到的常常是纷扰的嘈杂、刺耳的车鸣。这般的百啭千声，莺歌燕语，简直是天籁之音。

一棵浓密的樟树里，两只鸟儿深情对望，啄着对方的喙，互相梳理灰花的毛发。它们是母子或是情侣吧。那散发在春天里的浓意蜜意，被多情的春风一路播洒，不经意间沾了我一身。我被深深感染了，赶快拿出相机，蹑手蹑

脚地靠近、瞄准，刚要按下快门，"欻"地一声它们飞到另一棵树上，还得意地回头看我，"嘤嘤唧唧"地叫着，似乎在叫唤我。我跟着追上去。它们像和我捉迷藏似的，在我瞄准的当儿，又"噗"地不见了踪影。

不知是我和鸟儿有缘，还是西湖的鸟儿贪恋春光，那些知名的、不知名的鸟儿不断和我邂逅相遇。有时在依依的柳树间，浓郁的樟树里；有时在光秃秃的梧桐树上，也见到它们灵巧的身影。甚至在湖里，它们掠过水面，翩若惊鸿；它们溅起水花，翩翩起舞。我满心欢喜。

鸟儿和西湖的小松鼠一样很调皮，时而树上树下跳来跳去，嬉戏追赶，时而停留花间，飞到地上玩耍、啄食。神态自若，悠闲自在。湖边游人如织，摩肩擦背，但小鸟一点也不怕生。它们长年累月生活在美丽的西湖畔，大概已习惯这种热闹的生活，习惯跟人类和平相处，知道游人不会伤害它们。

二

西湖的鸟鸣无处不有。最美妙的是在"柳浪闻莺"。想想，柳色青翠，春风掀起绿色的波浪；在一片柳浪中，传来阵阵圆润清脆的莺鸣，那实在是美妙之至。

"柳浪闻莺"是西湖十景之一。这里流传着一个跟黄莺有关的美丽传说。黄莺鸟迷恋柳蒲的景色，变为美女，跟这里一个名叫柳浪的年青人邂逅，结为连理。他们编织一床锦被，叫做"柳浪闻莺"。这个传说很美很浪漫。在"柳浪闻莺"闻黄莺啼叫，更美更浪漫。

沿湖漫步，向"柳浪闻莺"走去，远远地听到黄莺的鸣声，高高低低，长长短短，清脆而婉转。

我站在湖畔旁，看着这春天的画面，欣赏着这"春鸟图"：惠风和畅，丝丝柳条轻轻柔柔地垂在碧波微微的湖面，似是一根根鱼杆伸向湖里，在钓鱼，在钓一个碧绿的春天。碧玉似的树上，两个身披黄衣裳的黄鹂鸟停歇树间"恰恰啼"。啁啁啾啾，歌声圆润嘹亮，高低错落，极富韵律，赏心悦耳。看着飞来飞去、东张西望的黄莺鸟，我想起了杜甫的诗句"两个黄鹂鸣翠柳"。黄鹂也就是黄莺。此情此景正是杜甫诗中的意境。看着那两只不断和鸣的黄莺，我想，这是从杜甫诗里飞出来的黄鹂吧？是曾见过杜甫的黄鹂吧？

这时，我只是欣喜地注视着那两只呢喃着春天的黄鹂，不敢再举起镜头了，生怕吓着它们。就让它们在翠柳间唧啾着春天的梦想吧。它们刚刚从严寒的冬天走出来，刚刚呼吸到春天温暖的气息，享受着春光的明媚。

剪一缕春光，坐在"柳浪闻莺"，聆听这春天的欢鸣。

一只黄鹂从眼前掠过。"一掠颜色飞上了树"，我脱口而出。"等候它唱，我们静着望，/怕惊了它。但它一展翅，/冲破浓密，化一朵彩云；它飞了，/不见了，没了——/象是春光，火焰，象是热情。"徐志摩一定也是爱着黄鹂的，要不怎么把《黄鹂》写得这么美妙？黄鹂的色彩，黄鹂的动感，黄鹂所激荡起的欢欣、愉悦，无不维妙维肖，叫人欢喜。

三

我喜欢眼前这嘤嘤在绿树红花间的黄莺，更喜欢唧啾在千年诗篇、千年音韵中的黄莺。

黄莺早就被古希腊女诗人称为"春之使者，美音的夜莺"。在中国，黄莺最早出现在第一部诗歌总集《诗经》

里："春日载阳，有鸣仓庚。"你看，春风微微，春光明媚，在碧绿的柳枝间，仓庚沐着暖暖的阳光嘤嘤鸣啼。这画面多么美丽，这意境多么迷人。诗中的"仓庚"就是黄莺，也叫做"鸧鹒"。自《诗经》后，黄莺就经常"飞"进诗人的诗歌里，被文人骚客吟咏。俏丽的黄莺啁啾成一首首脍炙人口的诗篇，穿越时空，铺展千年的诗情画意，流芳千古。手执一卷书，随意打开，总能看到黄莺的倩影，听到她千年的鸣唱："燕燕于飞，下上其音""千里莺啼绿映红""树树树梢啼晓莺""野花啼鸟喜新晴""上有黄鹂深树鸣""叶底黄鹂一两声""绿阴不减来时路，添得黄鹂四五声""剩喜满天飞玉蝶，不嫌幽谷阻黄莺""明日重来应烂漫，双柑斗酒听黄鹂"等。如此美妙诗篇，叫我爱恋不已。

黄莺还在我们的音乐中。《春天在哪里》《蜗牛与小黄鹂鸟》《小黄鹂鸟》《春莺啭》《黄莺吟》等，这些我们熟悉的儿歌、民乐、古典音乐，都有黄鹂的倩影，甚至以它为歌曲名。在我们广东音乐里也有比较有名的黄鹂音乐，一个是《柳浪闻莺》，一个是《喜迎莺》。《柳浪闻莺》还是西湖十景之曲目。在所有的黄莺音乐中，我最爱听笛子《黄莺亮翅》。现在《黄莺亮翅》就伴随着键盘的敲打声，在我耳边悠悠响起。

因为"鸟美歌甜"，黄莺还拥有不少"粉丝"呢。唐代著名诗人杜甫就是它的超级"粉丝"。他写的黄莺诗句，又多又好，有些还是家喻户晓。例如"两个黄鹂鸣翠柳"、"自在娇莺恰恰啼"、"隔叶黄鹂空好音"等。现在，人们常常把妙龄少女动人的声音叫做"燕语莺声"，这个比喻可追溯到杜甫的诗句。"哑咤人家小女儿，半啼半歇隔花枝"，在这首名为《斗莺》的诗中，他把黄莺的鸣叫比喻成是妙龄少女的歌声。这个比喻生动形象，他对黄莺的喜爱之情一览无遗。

要说铁杆"粉丝"，恐怕没有几个人比得上南朝音乐家戴塎了，他简直可以称为"黄莺痴"了。《世说新语补》记载，戴塎非常喜欢听黄莺唱歌。因为黄莺别名叫做"鸧鹅",他便把自己研制的桐木琴取名叫作"鹆鹕"。比喻桐木琴奏出的音韵,仿佛黄莺清越美妙的鸣啼。南朝宋武帝多次请他出仕,但是他不为之所动。他喜欢隐居在山中,过着观晚枫、闻鸟鸣的日子。春天一来,他常常"携双柑斗酒",到林间听黄莺鸣叫,一听就是一整天,真是好情趣。

一壶酒,一把琴,临风把酒闻鸟鸣,世事皆忘唯黄莺,如今还有多少人能有这样的情趣?还有多少人能享受到如此意境?人类要想继续享受黄莺的诗情画意,只有不断给它创设适应的环境,"一掠颜色飞上了树"的惊喜,才会时时闪现。

江南,那些凄美的爱情

江南杭州的山水是秀丽的,也是多情的。那些拱桥、群山、泉瀑、阁亭、高塔、楼宇、洞院等曾有爱情走过,演绎过一场场漫天的风花雪月。自古以来,杭州留下许多凄美哀婉的爱情故事,堪称"爱情之都"、"浪漫之都"。

你来杭州,一不小心,一转身,就会跟那些古老的爱情撞个满怀。

游历江南期间，我在杭州的山水找寻那些千年的爱情踪迹。

一

在中国四大传奇爱情故事中，发生在杭州西湖的就有两个：白蛇娘子与许仙，梁山伯与祝英台。这些都是家喻户晓的经典爱情，还被列入"第一批国家级非物质文化遗产"之列。

白娘子与许仙演绎的是人妖情未了。西湖十景，其中的"断桥残雪""雷峰夕照"，都与《白蛇传》有关。西湖有四大爱情桥：断桥、西泠桥、残桥和跨虹桥，久负盛名。前三座桥是古代的爱情桥，跨虹桥是现代爱情桥。最有名的就是与《白蛇传》有关的断桥。

来到西湖的人，都想看看这座见证了白娘子与许仙缠绵悲怆爱情故事的断桥。那年那月那日，他们在断桥相遇，一见钟情。许仙恰好就是白娘子要寻找的前世救命恩人。原来，在这一千多年前，许仙救了当时还是一条小白蛇的白娘子。后来两人结为夫妻，许仙被法海扣压，白娘子前来救夫。在经历水漫金山等波折之后，他们在当初相遇的断桥，再度邂逅重逢，再续前缘。

断桥其实不断，跟一般的桥无二。我站在断桥上，怎么看都是普通的桥。桥上游人如织，大概都是冲着那个回肠荡气的美丽传说而来的吧。如果不是跟美丽的爱情传说联在一起，路过这样的桥，你会熟视无睹。断桥，因了白娘子与许仙，成了人们心目中一座不老的爱情桥。千百年来，人们歌之叹之哀之，写成诗文，搬进舞台，台湾某电视剧作人，还以他们的故事为蓝本拍成电视连续剧《新白娘子传奇》。其中的插曲《千年等一回》红遍大江南北，现在成了西湖音乐喷泉的固定播放曲目。

在杭州城，除了断桥、雷峰塔，与白娘子传奇有关的，就是现在位于河坊街的保和堂药店。传说，保和堂药店是许仙、白娘子开的夫妻店。

二

"碧草青青花盛开，彩蝶双双久徘徊。千古传颂生生爱，山伯永恋祝英台。"被周恩来总理称为中国"罗密欧与朱丽叶"的就是《梁山伯与祝英台》。其实梁山伯与祝英台的故事，比莎士比亚写的《罗密欧与朱丽叶》还早。一个是东方，一个是西方，同样演绎了轰轰烈烈的爱情。生不能同床，死也要同穴。生不能成为夫妻，死后双双化蝶永相随。

《梁山伯与祝英台》的爱情故事早已耳熟能详，但却不知道这个凄婉的爱情是发生在杭州。当我从杭州萧山飞机场坐上前往市区的车，经过万松书院时，司机小傅告诉我，梁山伯和祝英台在此同窗。我十分惊讶，原来"梁祝"就是在此结缘。

梁祝的故事到底发生在哪里？有很多种版本的传说。全国有不少地方都宣称是"梁祝"的发源地。据考证，"梁祝"的故事发生在杭州。凤凰山北侧，万松岭上的万松书院是他们相识、同窗共读三载、爱情滋长的地方。"书成缘，缘成书，书缘写成千古爱；松生山，山生松，松山产生万世情"，万松书院也因此被称为  "万山书缘"。许多人因"梁祝"的故事慕名前来万山书院。现在"万山书缘"成了杭州十大新景点之一。每到周末，这里举行相亲大会，成了现代男女寻找爱情的地方。

梁祝十八相送发生在西湖的长桥。长桥其实不长，"孤山不孤，断桥不断，长桥不长"，西湖这三绝都与爱情有关。传说梁祝送到此钱别，两人依依不舍，在桥上来来回回走了十八里，祝英台以物喻情打了十八个比喻，表明自己的女儿身份。不长的桥因他们情意绵绵而变"长"了。

在长桥，还有另外一个凄婉的爱情故事。宋朝时有一青年女子陶师儿与书生王宣教相爱，后母横加阻挠。绝望的师儿与王宣教坐船夜游西湖，来到长桥下的荷花深处，双双投水，用死捍卫忠贞不渝的爱情。这个故事跟"梁祝"一样凄美，听起来叫人心酸。

三

在西湖畔的西泠桥边，有一座"苏小小墓"。那座墓里长眠着一个风华绝代的风尘女子——苏小小。佳人已作古，长伴西湖水。但杭州人没有忘记这个千年前的女子，她仍然活在诗文里，活在舞台上，活在人们心中。那是因为她的才情，她的风骨，她的爱情。白居易曾有诗赞道："苏州杨柳任君夸，更有钱塘胜馆娃。若解多情寻小小，绿杨深处是苏家。"

苏小小是南朝齐时钱塘名妓。在风光旖旎的西湖边，小小与俊美的宰相之子阮郁邂逅，一见倾心。小小以诗言情："妾乘油壁车，郎骑青骢马。何处结同心？西泠松柏

下。"两人在西泠度过一段缠绵而美好的时光。一个贵为公子，一个卑微为妓，他们的爱情从一开始就注定是悲剧。阮父当然不会容许自己的儿子跟这样的女子相爱。阮郁无奈只好随父回南京。情人走后，小小整天以泪洗面，心力交瘁，终于病倒了。忧伤中苏小小咯血身亡，年仅 19 岁。

小小不仅痴情，还很侠义。她曾资助贫穷书生鲍仁上京赴考，这个书生气度不凡，令其想起情人阮郁。小小对鲍仁说："我就在这西泠桥等你。你要记得我名字啊，如果

你真的高中了，一定要记得回来，记得这个地方；如果没高中，你也要回来，我仍在这里等你。"鲍仁不负苏小小的期望，一举高中，金榜题名。当鲍仁出任滑州刺史，赴任顺道探访小小时，正碰上她的葬礼。"我记得你的名字，我记得这个地方，我回来找你了，你却没有等我！"鲍仁抚棺痛哭，令人动容。他把小小埋于西泠，完成了她"生在西泠，死在西泠，葬在西泠，不负一生爱好山水"的遗愿。

感其恩，慕其才，鲍仁还在小小的墓上建有一六角攒尖顶亭，叫"慕才亭"。并为小小立碑：钱塘苏小小之墓。

历代文人骚客仰小小才情，纷纷为其赋诗作对，挥毫泼墨。其中较为有名的是"鬼才"李贺写的《苏小小墓》："幽兰露，如啼眼。无物结同心，烟花不堪剪。草如茵，松如盖。风为裳，水为珮。油壁车，夕相待。冷翠烛，劳光彩。西陵下，风吹雨。"这首诗写得哀艳、绮丽，又空灵缥渺，读之令人有"鬼气森森"之感。

小小的爱情故事为杭州人所传颂。位于西湖西泠桥畔的"苏小小墓"，不仅为西湖平添了几分凄美而浪漫的动人色彩，更是杭州作为"爱情之都"的明证。

我在苏小小的墓前逗留的时候不长，但这个风尘女子不同凡响的才情、人品，还有凄艳的爱情故事却叫我久久难忘。

四

琴操，跟苏小小一样同为红极一时的钱塘歌妓。一千多年来，人们仍然记得这个名字，津津乐道，那是因为她跟大名鼎鼎的苏东坡有一段不了情。宋人笔记《枣林杂俎》记录"琴操年少于东坡"，和诗人有过一段忘年情。宋人的《泊宅编》中，也记述了东坡度琴操的故事。可见，"苏琴恋"并非空穴来风，更不是杭州人臆造出来的风流韵事。

琴操之名出自蔡邕所撰的《琴操》一书。琴操姑娘人如其名，才貌双绝，冰清玉洁，只卖艺不卖身。许多文人雅士慕其才貌，想方设法接近她。苏东坡就是其中一个。

那是北宋的春天。美丽的西湖，波光粼粼，游船画舫历历。暖风吹得游人醉，多少浪漫情愫如春水。也许是缘分，也许是命中注定，两只游船撞上了。这一撞非同小可，一撞就撞出了一场风花雪月，撞出了千年不了情。这对撞船的男女，一个是当时的杭州知府、已到知命之年的苏东坡，一个是红极一时的 16 岁歌妓琴操。

往后的岁月，两个人互相欣赏、爱慕。高山流水，品琴论诗，其乐融融。但苏东坡毕竟顾惜其身份地位，冲不破层层樊篱，琴操充其量也只是他的红颜知己而已。无论是出于对琴操的关爱，还是出于男人的私心，苏东坡都不希望琴操终身栖于歌楼欢场中。

苏东坡携琴操泛舟西湖，与其参禅。他引用白居易诗句"门前冷落车马稀，老大嫁作商人妇"，她明白他的意思，以一阕歌谢东坡："我也不愿苦从良，我也不愿乐从良，从此念佛向西方！"第二天她削发为尼，出家位于杭州西的玲珑山。从此，她收回系于烟波画舫中的芳心，跟红尘隔绝，与青灯木鱼为伴，同寂寞相思为伍。"细雨湿衣看不见，闲花落地听无声。"日子一天一天过去，在佛光古塔中，减了她的肌容，消了她的芳魂。

琴操出家后，苏东坡曾携黄庭坚、佛印和尚来玲珑山，与这个红颜知己品琴论诗。能见到自己的心上人，这样的日子自然是琴操最开心的时光。可惜苏东坡太忙了，太身不由己。这样的日子于琴操而言，少之又少，弥足珍贵。

进入玲珑山的第八年，琴操得知苏东坡已被贬到现在的海南岛。想到心上人从此天涯海角，生死两茫茫，琴操悲从中来，整日郁郁寡欢，二十四岁那年香消玉殒。垂暮之年的苏东坡，被贬已是一悲，惊闻心上人芳魂归西，更是悲上加悲。他老泪长流，喃喃自语："是我害了她，是我害了她。"东坡重回杭州后，在玲珑山琴操修行的地方，重葬了这位红颜知己。

郁达夫有诗云："山既玲珑水亦清，东坡曾此访云英。"因埋有琴操的香魂，小小的玲珑山为后人所悉知。景仰琴操者，定来其墓上，为有情人难成眷属送上深深的哀思。

　　许仙与白娘子、梁山伯与祝英台、苏小小与阮郁、苏东坡与琴操，这是千百年来流传于杭州的几个经典故事，我称之为杭州"四大爱情悲剧"。四个故事有一个共同点，那就是充满了悲剧色彩，以悲剧告终。许仙与白娘子后来在断桥再度相逢，再续前缘；梁山伯与祝英台死后化蝶双飞永相随。这些情节，虽然能给悲苦的爱情增添一点暖色，充满了浪漫主义色彩，但整个故事还是悲剧。鲁迅先生说："悲剧就是把有价值的东西撕碎了给人看。"正因为是悲剧，更容易震撼人心，具有长久的生命力。这些故事流传了一千多年就是一个明证。只是，悲剧的爱情总叫人心生遗憾，心酸难咽。

<h2 style="text-align:center">五</h2>

　　现代的杭州爱情仍然结着愁怨。

　　西子湖畔的"花港观鱼"，在一棵绿树如盖的大樟树下，立有一座镂刻着一位婉约女子的碑形雕塑。这个名为《林徽因意象》的青铜雕塑，由清华大学建筑学院和杭州市政府共同设计制作。碑中的婉约女子就是"人间四月天"的一代才女、建筑学家林徽因。纪念碑被称为"三魂碑"，为纪念林徽因诞辰100周年而建。从仪态、思想和语言上体现林徽因"清水芙蓉，万里白鸥"中西合璧的特色，营造出一种天上人间的绝妙氛围。

说起林徽因，很多中国人都不陌生。她的名字常常跟三个优秀男人连在一起：初恋情人诗人徐志摩、丈夫建筑大师梁思成、为林终身不娶的哲学家金岳霖。这三个男人都非常爱恋林徽因，情深意厚。一个女子能同时得到三个优秀男人终身爱恋，林徽因的魅力不同凡响。

林徽因和徐志摩，属于有情人难成眷属。在遥远的英国，16 岁的林徽因跟 24 岁的徐志摩相识、相恋。那时的徐志摩已是两个孩子的父亲，林徽因也早已许配给梁启超的儿子梁思成。他们的恋情从一开始就埋下了悲剧的种子，曲折多变。

1924 年 4 月，印度大诗人泰戈尔来华访问。期间，徐志摩和林徽因共同担任泰戈尔的翻译。昔日的恋人一左一右伴随在大诗人的身边，徐志摩的心又活了。他私下向泰戈尔表明，自己爱林徽因的心未曾改变。热情的老诗人有意撮合这对金童玉女。林徽因没有动心。泰戈尔作了一首诗：天空的蔚蓝，爱上了大地的碧绿，他们之间的微风叹了声："哎！"

情已到了这种地步，老诗人只有一声叹息"哎"了。

天才诗人徐志摩对林徽因的影响是多方面，尤其是文学。可以说是在徐志摩的影响下，林走上了文学的道路，而林徽因又是徐志摩创作的不竭灵感。他为林而痴狂，他的诗为林而灵动。"我是天空里的一片云/偶尔投影在你的波心/你不必讶异/更无须欢喜/在转瞬间消灭了踪影/你我相逢在黑夜的海上/你有你的/我有我的方向/你记得也好/最好你忘掉/在这交会时互放的光芒。"这首《偶然》就是徐志摩写给林徽因的其中一首，纯情又理性。

虽然林徽因最终选择了梁思成，徐志摩后来也娶了陆小曼，但在他心目中，林徽因仍然是一个可望不可及的完美女神。1931 年 11 月 19 日，徐志摩搭乘"济南号"邮机由南京飞向北平，飞机在济南附近不幸撞山坠毁。此前，他答应 20 日帮助林徽因筹划一个学术讲座。徐志摩死后，林徽因收藏了一块失事飞机的碎片，直至终老。从这里看出，她对徐的情义。

林徽因的故事，杭州人乐于跟你讲起，那是因为林徽因就是西子姑娘。

一百多年前，她就出生在杭州吴山蔡官巷，是名符其实的西子姑娘。而徐志摩也是浙江人，在杭州上的中学，也算半个杭州人了。

林徽因跟徐志摩的爱情故事，是典型的才子佳人，跟前面那些古代的爱情故事一样叫人生出几分心酸。

天堂杭州那些爱情，凄美哀婉。

一湖春柳一湖诗

江南无所有，聊赠一枝春。西湖多绝胜，烟柳惹我怜。

西湖集天地之灵气，得人间之宠爱。处处有美景，季季有绝胜。

　　亭台楼阁，古塔水榭，湖光山色，莺歌燕舞，花香鸟语，精华荟萃，目不暇接。春之苏堤春晓，夏之曲院风荷，秋之平湖秋月，冬之断桥残雪，这些西湖美景尤叫人叹为观止。

　　那些佳木秀蕊，我偏爱杨柳和桃花。它们如并蒂莲，盛开在西子湖畔；如两个美女子，日夜陪伴着美丽的西湖。我说，西湖若是少了它们，会少了几分韵味，减了几分风姿。如果说，艳如彩霞的桃花，点燃我的激情，情如波涛，

那么，杨柳的轻柔妩媚，则让我享受了漫过心海的柔软时光。

我是早春二月来到西湖的。这时正是春寒料峭，冷风袭人。就连高大魁梧、挺拔如七尺须眉的法国梧桐树也无力挣脱冬的桎梏，光秃秃的树枝，没有一点春的生机。而西湖柳，那些细细长长，柔柔软软的枝枝节节，一阵春风抚摸过，一场春雨轻洒过，它们欣欣然吐出绿色的柳苞，吐出了圆圆的梦想，传出春的喜悦。

柳是春天的使者。杜甫有诗云："侵陵雪色还萱草，漏泄春光有柳条。"是的，柳绿了，那是告诉你，春天重回人间，人间属于春光明媚。

西湖多的是柳，成了柳的天堂，满湖满堤，处处可见柳的倩影。环湖路，白堤，苏堤，杨公堤，柳浪闻莺，花港观鱼，杨柳扭动着曼妙的身姿，频频向你招手。

那些初长出的柳芽，细细圆圆、鼓鼓胀胀，如少女刚发育的的乳苞，那么娇嫩，那么柔软，叫人喜爱，惹人生怜。忍不住想伸手去摸，又怕弄疼它。我始终舍不得抚摸，只是注视，把我的爱恋倾泄于柳间，播洒于春光中。

西湖的柳千姿百态,千娇百媚,摇曳生姿,曼妙迷人。但最美妙的是在"柳浪闻莺"和"苏堤春晓"这两个地方。

"碧玉妆成一树高,万条垂下绿丝绦。"细细长长的柳条,柔柔软软地垂挂着。如同西子姑娘的披肩秀发,披着一湖的春光;恍如绿色的帘幕,拢着一帘春梦;又似一条条绿色的鱼杆,垂钓澹澹的碧波,垂钓一春的希望。几只鸟儿翩然掠过湖面,穿行于春风丝柳间。如丝如缕的垂柳枝,应该是鸟儿裁剪出的吧?应该是春风梳理的吧?

西湖的柳或是纤枝随风轻舞如醉酒,或是青丝低垂如沉思,或是枝叶浓密似云盖。它们有着诗一样的名字:醉柳,垂柳,狮柳,浣纱柳,烟柳。站在西湖畔,它们就像一首首诗词,一幅幅画卷,一阕阕歌曲。远远看去,一排排,一行行,低垂的柳枝轻拂水面,如烟似雾,每一枝每一叶都是诗,都是画。

我披一身春光,携着盈袖的春风,沿湖行走于春柳间。看一粒粒柳苞并列在一条条柳枝,像一个个绿色的音符,跳跃在春的五线谱上,我仿佛听到一湖春的旋律。满心欢喜。

从来佳茗似佳人

一

从岳飞庙出来，已是下午两时。这天早上还不到七点钟，我和晴就迫不及待地来到西湖边。行走了大半天，两条腿已不像早上刚到西湖时那样健走如飞了，人又累又渴。

路边站着一个三十岁左右的男子，我问他，哪里有矿泉水卖？他说，你问我算是找对人了，来，我带你去喝茶，正宗的西湖龙井茶。免费。

我心想，天下哪有免费午餐这等好事？说不定是个陷阱。旅游区骗人的把戏多着呢。

男子似乎看出我的心思，说，矿泉水哪天不可以喝到？来到我们杭州西湖不去龙井村喝杯正宗的西湖龙井茶，你算白来了。他这句话打动了我。西湖龙井茶闻名遐迩，连乾隆皇帝都四次到龙井村呢！来到西湖不去产地看看，的确说不过去。

我问男子去龙井村路怎么走？有多远？他说了一大堆

的地名，从哪里直走哪里，乘哪路车，下车，拐多少米，又转哪线车，时间大概要一个小时。我听得头都大了。

男子又说，这样吧，我送你们去，包去包回每人五十元，中间不收你们其他费用。还当免费导游，保证超值。

我心想，这个价钱是不贵。正要上车，突然想到，如果他把我们载到荒山野岭，或是中途赶我们下车，哪怎么办？我直言不讳地说出我的顾忌。

男子说，你尽管把心放回肚子！我天天在西湖跑，还会骗你们这点小钱？你们怕我，我还怕你们呢，怕你们把我告了。说完，这个自称姓李的男子把他的身份证、驾驶证等给我看。

我们放心了，上车。

我叫他李生。

二

一路上，我问个不停，李生也很耐心地给我讲解。每到一个景点，他就告诉我们，这里是哪里，有什么特色。

李生很健谈，聊起茶文化滔滔不绝，让对茶文化一知半解的我大长见识。

中国有几千年的文明历史，文化底蕴深厚。世界上最早发现和种植茶树的国家，就是中国，中国是茶的故乡。作为"国粹"之一的茶，自然有浓厚的茶文化。中国的茶叶类别主要有绿茶、红茶、花茶、乌龙茶、紧压茶等。杭州西湖龙井、苏州洞庭碧螺春、黄山毛峰等，是主要的绿茶。西湖龙井排在十大绿茶之首。

车经梅灵路，李生说，前面就是大名鼎鼎的梅家坞。梅家坞也是西湖龙井茶的产地之一。到了梅家坞，还特意停车叫我们看。

梅家坞，这名字光听就觉得很美，叫人浮想坞下千树万树梅花开的美景，白的像雪，粉的似霞。

眼前的梅家坞，比想象中的画面还要漂亮。这时正是春天，绿树苍郁，百花争艳。一幢幢豪华的别墅掩映在碧树鲜花中，一辆辆漂亮的车停在别墅里外。这坞这村，叫人恍如走进画卷中。

梅家坞不但美，还很富裕。梅家坞富起来，得益于西湖龙井茶。

西湖龙井茶的茶香，不但中国人闻到了，连外国的元首也闻到了。美国总统尼克松闻到了，上个世纪的七十年代，在周恩来总理的陪同下，前来品茶；英国女皇伊丽莎白闻到了，在时任上海市长江泽民的陪同下，也来品茶。

当时，通往梅家坞的路崎岖不平，他们的越野车可没少受苦。聪明的梅家坞人意识到，茶香也怕路崎岖，要致富必修路。果然，路通财运通，茶香云集各方客。如今，梅家坞成了杭州最富有的村子。

梅家坞还是一条长寿村，被评为杭州的"健康无糖村"。百岁以上的老人比比皆是。除了这里山清水秀，绿树环抱，空气清新，还跟他们常喝西湖龙井茶有关。

龙井茶营养丰富，具有很多种功效及作用。所含氨基酸、儿茶素、叶绿素、维生素 C 等成分，比其他茶叶多。其中的茶多酚，具有降低人体"三高"的作用，还有对人的细胞起到一层保护膜的作用，细胞保护好了，人就不容易衰老。天天喝着这样的茶，长寿也就是再自然不过的事了。据说，早年曾有台湾人出五百万在梅家坞买楼房，结果梅家坞没人愿意卖。

"群山常绿溪流远，十里梅坞蕴茶香。"这样的好地方谁不愿意长住？谁愿意把自己的房子卖掉呢？

三

生活在梅家坞真是好福气。我说，去到梅家坞买些西湖龙井茶。李生说，别着急，龙井村多得很，你要什么样的都有。龙井村生产的茶叶叫西湖龙井，为什么梅家坞生产的茶叶也叫西湖龙井？我疑惑不解。李生说，到了龙井村你就知道了。

很快，高大的"龙井村"牌坊出现在前方。车子直接驶进村内。村子里停着各式汽车，旅游观光的、前来购买茶叶的，进进出出，一片繁忙景象。

龙井村跟梅家坞一样，也是幢幢小楼在绿树掩映中。楼不高，多是二三层。村子周围都是绿油油的树木。我走到"十里锒铛"的指示牌前，沿着指示的方向望去，满山都是龙井茶园。一田田，一垄垄，一畦畦，山顶、山腰、山脚，满眼都是茶树，茶山成了绿色的梯田，很壮观。这就是大名鼎鼎的狮峰山。狮峰山上产的龙井茶叶是西湖龙井茶的上品。有诗唱道："狮峰山上云雾缭，四十八顷山茶娇，古往今来皆贡品，都因山高水气潮。"

李生去泊车了，我走到"龙井茶文化村"介绍牌前。这里有对龙井村的历史简介、线路图，还有十里琅珰、御茶室、老龙井、十八棵御茶等有名景点的方向指示。

西湖龙井茶产于宋代，有一千多年的历史。到了明、清两代更是名声大振，分别列被为上品、朝廷贡品。"杭州山茶处处皆清，不过以龙井为最耳"。这是清代袁枚在《随

园食单·茶酒单》中对西湖龙井茶的称赞。

西湖龙井，按产地分为"狮"、"龙"、"云"、"虎"、"梅"五种，都叫做西湖龙井茶。这五个产地  的茶中，狮峰龙井茶最为有名，可谓是优中之优。欲把西湖比西子，从来佳茗似佳人。如果把西湖龙井茶比喻为佳人，那狮峰龙井茶就是"佳人"中最迷人那位。

这个"佳人"吸引了苏东坡等文豪骚客。他们约上三五知己，再邀清风，或约明月，在狮峰山脚下的寿圣寺，品茶赋诗作对，好不痛快。"白云峰下两旗新，腻绿长鲜谷雨春。静试却如湖上雪，对尝兼忆剡中人。"这是苏东坡赞美西湖龙井茶的诗作，并手书"老龙井"等匾额。

这个"佳人"也吸引了乾隆皇帝。皇宫高墙大院，金碧辉煌、锦衣玉食、美女如云，也阻不了他对江南的向往。乾隆下江南，被江南的美景、佳茗、佳人迷住了，他一而再，再而三下江南，六次江南游中有四次到过龙井茶区，看茶女采茶，跟茶工学炒茶，品茗吟诗，快活似神仙，留下许多亦幻亦真的"御茶"逸事，后人代代相传，给西湖龙井茶做了无价的活广告。班师回朝时，乾隆还不忘带回西湖龙井茶孝敬母太后。肝火正盛的皇太后喝西湖龙井茶后，香气满腹，清肝消火，并对龙井茶赞不绝口。乾隆更是龙颜大悦，传旨把狮峰山下胡公庙前的十八棵茶树封为"御茶"，专供皇室饮用。

现在有些人给乾隆下江南编排了许多风流逸事，并津津乐道，而对他写的诗鲜有问津，也忽视了他对茶农的关注与同情。这是不公平的，他到龙井茶区，先后写过《观采茶作歌》《坐龙井上烹茶偶成》《再游龙井》等诗。

《观采茶作歌》："前日采茶我不喜，率缘供览官经理；今日采茶我爱观，吴民生计勤自然。云栖取近跋山路，都非更备清跸处，无事回避出采茶，相将男妇实劳劬。嫩荚新芽细拨挑，趁忙谷雨临明朝；雨前价贵雨后贱，民艰触目陈鸣镳。由来贵诚不贵伪，嗟哉老幼赴时意；敝衣粝食曾不敷，龙团凤饼真无味。"

俱往矣，皇帝老儿、文人骚客皆作古，留下的是他们对西湖龙井茶的情感，是那些带有茶香的逸闻茶事，是一道道"茶事"风景。给后人在品茗的同时,多一道谈资。

四

    龙井村主要以种茶、售茶叶为业,村里到处可见"龙井茶基地一级保护区"、"龙井茶直销部"、"江南第一茶"之类的字眼。在宋广福院附近的树下、凉棚下,摆着不少茶档,供茶客品茶、聊茶。有些人家楼下摆着炒茶锅,娴熟的炒茶工正用手一遍遍地翻炒着炒茶锅里的新茶。现炒现卖,新鲜出炉,如假包换。

    李生把我们带到一家村民小楼。一个俏丽的姑娘早已在一楼的门口等候我们,"欢迎到我们龙井村品茶。"

    我们随笑容可掬的姑娘进了一楼的茶室。茶室其实也是茶叶展厅,陈列着各种西湖龙井茶。墙上挂着"龙井问茶"字幅。在龙井村几乎家家户户都挂着"龙井问茶"的字样。"龙井问茶"既是新西湖十景之一,也是龙井人欢迎远方客人来品茶之意。

    姑娘先给每人奉上一杯刚沏好的西湖龙井茶,再讲解。这时正是初春,江南的天气湿冷透骨,一杯热气腾腾的茶

喝下去，暖胃暖心，神清气爽。

　　姑娘讲西湖龙井茶的历史，教我们怎么辨认龙井茶，讲茶的功效，怎么泡茶，并且当场表演泡茶。

　　她说，色绿、香郁、味甘、形美，这是茶的"四绝"。龙井茶外形挺直、削尖、扁平、光滑，色泽绿中显黄。因为龙井茶叶很嫩，泡茶不要用100℃沸腾的水，一般用85~90℃的水，先泡半杯，等茶叶舒展开，再倒满。泡好的茶，叶底嫩绿、汤色杏绿、芽芽直立、匀齐成朵。

　　西湖龙井茶除了按产地分，还按季节分为明前茶、雨后茶，在清明前采制的叫"明前茶"，谷雨前采制的叫"雨前茶"。雨前是上品，明前是珍品。"一级娇羞女儿茶，二级丰韵媳妇茶，三级温和婆婆茶，特级黄花闺女茶。"龙井茶分为几个等级，等级不同，价格有天壤之别。

据说，在古代，明前茶是进贡给皇帝享用的，又叫皇帝茶，珍贵得很。采茶的女工也特别讲究，要选十六七岁漂亮、娇嫩、未出嫁的小姑娘。她们不是用手摘茶，而是用嘴从茶树上一片一片含下来，再放在酥软的胸前，用体温焐干茶叶。

"院外风荷西子笑，明前龙井女儿红。"在阳春三月，在人间四月天，一群小姑娘穿着白底蓝花上衣，头扎红色丝巾，哼着采茶调，在绿色的茶园里穿梭忙碌，这是一幅多么美丽的图景！这样的图景太珍贵了，给人丰富的想象和极度的美感。但是有几人能享受得起这样的高级别的"皇帝茶"呢？更多的人能享受到的只是"媳妇茶"，甚至是"婆婆茶"。

在茶室，我一连喝了两杯姑娘给我沏的龙井茶，唇齿留芳，余味无穷。我消费不起动辄几千上万的明前茶，买了一千多元一斤的雨前茶，打算回家慢慢品尝。

住在泰戈尔曾下榻的地方

一

世上有些缘分来自偶然，来自巧合，就如我住在泰戈尔曾下榻过的群英饭店完全是巧合。

每到一个地方旅游、公干，我习惯做些"功课"，上网查阅相关信息。比如所到地的旅游景点、天气、美食、风土人情等。去杭州也不例外。我在网上订了去杭州的飞机票，"汉庭快捷杭州群英饭店"也是在网上预订的。我对群英饭店的历史一无所知。之所以选这个地方，是因为它离西湖近，而且刚好碰上"汉庭快捷"搞酬宾活动，一间双人房一晚才100元。

出租车颇费周折才找到这家位于杭州仁和路的群英饭店。仁和路就在杭州最繁华的延安路旁。群英饭店周围有延安路黄金商业街和涌金广场、南山路休闲文化街、解百新世纪购物中心、元华大型购物广场、湖滨名品步行街等。我不知道出租车司机为什么会开错路，他大概是新来杭州的，又或许在仁和路的群英饭店不是很当道。

与周围豪华气派、金碧辉煌的酒店相比，群英饭店显得有点简陋。倒是蓝底白字的"汉庭快捷酒店"几个大字很醒目，很清凉。门口不大，有里外两层门。外层是镶玻璃的红木门，两扇，与平常老百姓家的大门无异。门上贴有一幅镶字联："四海风清月满一轮辉汉宇，九州春光梅香千里到庭院"。把"汉庭"二字镶进联中，给人一种居家温暖的感觉。门顶有"群英饭店"四个字。里面的一层玻璃门上倒贴着红色的"福"字。这时是早春二月，春节刚过不久，年的喜气洋洋依然可见。

群英饭店只有两层高，是砖木结构的老房子改建，建筑风格跟北方的四合院相仿。一律枣红色的门窗、梁柱，显得古色古香，别是一番风味。一共有三个天井，房间环绕天井。每个天井布置各异，或是白沙铺成的沙滩，让你踩在柔软的白沙上，来一场足浴，享受白沙的抚摸；或是摆着一方圆桌，几个雅致的椅子，让你坐在太阳伞下，晒晒月光，叹叹清茶。

房间不大，但捡拾整齐、干净，有一种家的温馨。

赶了大半天的路，我疲惫不堪，放好行李，来不及细看，就躺在洁白的床单上。我随手拿起床头柜上的资料看，这一看，我激动得坐起来。

原来，这看似普通的群英饭店有着不平凡的历史。据介绍，群英饭店创建于清宣统元年（1909 年），历史悠久，开始叫做"清泰第二旅馆"，是民国时期杭州市较为著名的饭店之一。1933 年，搬迁至仁和路 22 号。新中国成立后，这家旅馆改名为"群英饭店"，意思是"群英荟萃"。后来，湖滨改建，群英饭店按"修旧如旧"的原则，恢复历史原貌，实现整体迁移保护。沿用到现在，群英饭店总体布局没有很大的改动。

叫我惊讶的是，这其貌不扬的群英饭店曾是卧龙藏虎之地。不少名人曾在这里住过，比如孙中山、宋庆龄夫妇及鲁迅、郁达夫、沈雁冰（茅盾）、徐志摩等中国名人。

二

更叫我惊喜的是，泰戈尔也曾下榻群英饭店。泰戈尔出生于贵族家庭，是著名的印度诗人、文学家、艺术家、社会活动家。他的代表作有《吉檀迦利》《飞鸟集》《园丁集》《新月集》《家庭与世界》《最

后的诗篇》《眼中沙》等。1913 年，他的《吉檀迦利》获得诺贝尔文学奖，成为首位获得此项奖的亚洲人。

泰戈尔对中国有很浓厚的感情，与杭州也很有缘分。他两度访问中国，掀起"泰戈尔热"。"观者如堵，各校学生数百名齐奏歌乐，群向行礼，颇极一时之盛。"

他第一次访华是在 1924 年，正是阳春三月、百花争艳的时节，泰戈尔应梁启超、蔡元培的热情邀请访问中国。

泰戈尔的随行翻译，就是曾留学英国剑桥大学、以一

首《再别康桥》名扬中外的才子诗人徐志摩。在人间四月天，泰戈尔一行在徐志摩等人的陪同下前往杭州。被无数文人骚客吟咏的人间天堂杭州，被苏东坡赞诵"浓妆淡抹总相宜"的西子湖，那潋滟的波光，那如美人临水而立的桃花，那断桥凄美的传说，叫这位诗人诗兴大发，柔情满怀。还有徐志摩、林徽因这对才子佳人的陪伴，泰戈尔更是兴味盎然。面对美丽的杭州，他情不自禁地说："美丽的西湖，美丽的杭州！……要不是时间关系，我真想在湖边买个小屋住上几天……"

泰戈尔到杭州灵隐寺演讲，他握着西泠印社艺术家赠送的、刻有他名字的印章，非常感动。他说，在印度，小孩出生后有两件事最重要：第一要给他起个名字，第二要给他少许饭吃。这样，这个孩子就和社会产生不可磨灭的关系。我的名字译成中文叫"泰戈尔"，我觉得我的生命是非与中国人的生命拼在一起不可了。

他想拥有一个中国名字，向梁启超表述自己的心愿。梁启超不辜负泰戈尔期望，给他起个中国名，叫"竺震旦"。"天竺"是古印度的称呼，"震旦"是印度以前对中国的称呼。梁启超巧妙地把两个国名联结起来，赠给这位大诗人。泰戈尔非常喜欢这个联结着中印两国情谊的名字

"竺震旦"。1941 年的早春二月，泰戈尔深情地写了一首诗《我有一个中国名字》。

在杭州期间，泰戈尔就住在群英饭店，一个离西湖不远的"小屋"。泰戈尔的到来，使这座"小屋"蓬筚生辉，光彩照人，给群英饭店增加了不同凡响的人文历史。

在学生时代，我就开始读泰戈尔的《飞鸟集》。他那些优美、清新、充满哲理的作品，伴随我度过青春岁月。我至今仍念念不忘，在文章中多次引用他的文字。比如，"有些事情是不能等待的。假如你必须战斗或者在市场上取得最有利的地位，你就不能不冲锋、奔跑和大步行进""让生命有如夏花之绚烂，死亡有如秋叶之静美"。

一个偶然的机会，让我住在自己景仰的大诗人住过的地方，这让我感到万分的激动。

我走出房间，拉住一个美得赛西施的服务员问："你知道泰戈尔当年住在哪个房间吗?"她朱唇轻启，发出莺歌般好听的声音："对不起，这里好像没有姓泰的客人。就是有，也不能随便透露客人的秘密哦。"

我哑然失笑。

我问她读过《世界上最远的距离》这首诗吗？

"世界上最远的距离／不是生与死的距离／而是我站在你面前／你不知道我爱你"

"赛西施"马上欢喜地说知道这首诗，而且还会背，很喜欢呢。男朋友曾念过给她听。

我说，《世界上最远的距离》就是泰戈尔写的。泰戈尔是一个伟人的印度诗人，他在上个世纪的二十年代访问过中国，来过杭州，就住群英饭店。你听说过吗？她不好意思地说不知道。

我后来一连问了几个服务员，他们跟"赛西施"一样都摇头说不知道泰戈尔住在哪个房间，甚至不知道泰戈尔是谁，更别说知道他住哪个房间了。

我不再问谁了，自己去寻找。从一楼到二楼，每个房外面墙壁上都挂着一幅名人的画像，画像下面还有这个名人的介绍，每幅画像旁边都挂着"群英荟萃"的木牌子。

泰戈尔的画像挂在二楼。画像用大大的相框装裱着。

这是泰戈尔的半身像，鹤发银髯、仙风道骨的老诗人戴着眼镜，手拿一支笔，专心致志地奋笔疾书。写的什么，我不知道。也许写的是他对中国的思念，也许写的是他对曾住过的群英饭店的挂念。

春风沉醉杭州夜

一

白天，我们环杭州西湖玩了整整一天。西湖之春，风光旖旎，人间秀色，美不胜收，目不暇接。

晚饭，我们就在西湖附近就餐，点的全是地道的"杭帮菜"。看着西湖醋鱼、东坡肉、杭菊鸡丝、清汤鱼丸、龙井虾仁等，早已垂涎三尺。美食也是一道风景，一道色香味俱全的独特风景。观之可饱眼福，尝之可享口福。各地美食各有特色，这里面蕴含着丰富的风土人情，历史渊源。到一个地方旅游、观光，我喜欢赏美景，品美食，何况是

人间天堂的美食呢。最爱"西湖醋鱼",这道名菜从南宋流传至今,享有"天下第一鱼"之美称。据说,康熙皇帝到西湖游览时,专门品尝了"西湖醋鱼"。"西湖醋鱼"还曾多次成为周恩来总理宴请席上的菜肴呢。闻名已久,早已垂涎三尺,来杭州前就想到一定尝尝西湖醋鱼的美味。的确,"西湖醋鱼"吃起来感觉肉质鲜嫩,酸甜可口,略似蟹味。不愧为天下第一鱼。

西湖的美食还唇齿留香,寻味无穷,夜不知什么时候已拉开黑色的幕帘,展现杭州不同于白天的另一种风情。

天下起雨。飘飘洒洒,淅淅沥沥。如烟又似雾。

我们先回到住地放好东西。那是离西湖不远的延安路。我的同伴说,走了一天,累了,又下雨,不想走了,就躺在床上听雨吧。

　　我不想让杭州的春夜浪费在酒店。满天繁星，有熠熠灿烂的热烈；春雨绵绵，有如酒似诗的醇香。于是，我带上雨具，裹挟一袭春风春雨，一个人出门，试图领略夜幕下的杭州风情。

　　雨还是绵绵而潇潇。撑开白天购买的西湖油纸伞，走在灯火辉煌，霓虹灯闪烁的繁华都市，穿街过巷。看着人来车往，情侣亲昵，行人悠然自得，虽是独自走在杭州的街头，感觉依然美妙。

二

　　走到西湖边的三公园，远远就听到美妙的音乐。

　　这里有音乐喷泉表演。杭州有三个音乐喷泉：武林广场音乐喷泉、三公园西湖音乐喷泉、柳浪闻莺音乐喷泉。据说，最好的就是我所在的三公园西湖音乐喷泉了。

　　音乐喷泉舞台前的两排座椅早已坐满了观众，周围还站着许多观众，熙熙攘攘。打着雨伞，等待。等待一场精彩的演出。

风轻了，雨停了。真是好雨知人意，当停且歇息。

游客手中的相机，摄像机纷纷亮相，严阵以待。前奏响起，表演开始。随着音乐声，白色的水花从西湖底往上喷射，水柱呈半圆形喷洒着，摇曳着，如同巨大的莲花。在这个白色的大"莲花"中，"西湖欢迎您"等绿色字样，忽上忽上，忽左忽右，忽隐忽现。音乐喷泉表演所选用的音乐，有杭州市歌《梦想天堂》，还有我们熟悉的《千年等一回》《命运》《蓝色多瑙河》《西班牙斗牛士》等，十多首音乐轮流播放。

整个表演过程，音乐时而舒缓轻柔，婉转缠绵；时而高亢激烈，热情澎湃。喷泉的形状，灯光效果，随着音乐

旋律而变化。时而如连绵起伏的山峦叠嶂，时而似美丽的孔雀开屏，时而像冲天呼啸的火箭，时而如千军万马伴着鼓点奔腾，时而两股水柱冲天构成一座"天桥"，时而似一群江南美女在轻歌曼舞，时而如泉潺潺细流……水柱高低错落，起起伏伏，左右摇摆；背景灯光变幻莫测，五彩缤纷。湖面如烟似雾，亦幻亦真。这一切构成一幅幅美妙的图景，引人入胜。观众不时发出阵阵赞叹，喝彩。镁光灯更是闪个不停。

"千年等一回等一回啊/千年等一回我无悔啊/是谁在耳边说爱我永不变/只为这一句/断肠也无怨……西湖的水我的泪/我情愿和你化作一团火焰。"《新白蛇娘子传》的插曲《千年等一回》响起。伴随着高胜美婉转、柔美、哀艳的歌声，我们不禁想起千年前的西湖，白娘子与许仙在西湖的断桥，一见钟情，以伞传情，定下千年情缘。《千年等一回》唤起人们对那个美丽而凄婉的故事的回忆。

音乐声戛然而止，表演结束。我意犹未尽，在音乐喷泉边独自漫步。

站在西湖畔远眺，远处的码头灯光璀璨，似是一条火龙在大海上翻滚。环西湖，远远近近，山塔林木，高楼大厦，通明的灯光，一点点，一片片，一簇簇，连绵不断，璀璨绚丽，似银河落九天，像天上繁星点缀夜空般。灯光倒映西湖面，如同被泼了五颜六色的颜料，豪华而大气。天空、湖水连成一片，五彩缤纷，波光潋滟，辉光粼粼，如梦似幻。这情形让我想起香港的维多利亚港之夜，那"幻彩咏香江"的灯光汇演，把夜幕下的香江打扮得光彩夺目，无与伦比。如果说香江之夜是美艳动人的大家闺秀，那么西湖之夜就是有点青涩的小家碧玉。

从西湖边往住地走，经海平路。雨后的地面有些湿，像一面镜子，倒映着两旁斑驳的灯光，人走在其中，如同踩在五彩的地毯。雨后的街道清新干净，行人熙熙攘攘，情侣成双成对。有人手里拿着荧光棒，挥舞摇晃着春风，颇似"东风夜放花千树，更吹落，星如雨"。这条街有不少街头艺术家，只需三十元，他立即就为你画肖像，画得不像不用给钱。街头艺术家的生意还真不错，引来不少美女频光顾，坐在长椅上模特儿般任他画。各种小贩的叫卖声此起彼伏，很是热闹。一对父女"淹没"在一大堆色彩斑斓的气球中，见我走来，卖气球的小姑娘从气球堆里"钻"出，叫道："阿姨，买个气球吧！"那眼神清澈而充满渴望，我无法拒绝，就如无法拒绝杭州春夜的诱惑。我买了一个气球，带着小姑娘感激的祝福，继续独自徜徉在杭州的春夜。

行人川流不息，街道两旁的商场、娱乐场所，繁华热闹。灯光或是辉煌，或是朦胧暧昧，叫人浮想联翩。不知闪烁的霓虹灯下，有多少人在等待？多少故事在上演呢？

隐隐约约听到歌声，突然想起林升那首《题临安邸》："山外青山楼外楼，西湖歌舞几时休？暖风熏得游人醉，直把杭州作汴州。"今晚，林升如是再世，又会写出多少醉人的诗篇？

邂逅郁金香

是年春天来到杭州，办了很多事，也计划再去太子湾看看郁金香。

太子湾公园位于杭州南山路，是杭州著名的婚庆公园。它东与净慈寺为邻，南有九曜、南屏二山，西临赤山埠，北接花港观鱼公园。相传此地曾是南宋庄文、景献两位太子的攒园。所谓攒宫，就是古时天子暂时停棺的地方。

太子湾由此得名。公园内大面积种植郁金香。郁金香属于春天，三月末四月初，郁金香开得最美。这个时节来到杭州，一定要去太子港赏郁金香。每年郁金香盛开时节，太子港公园都大办郁金香展，吸引五湖四海的眼睛，万人空巷争赏郁金香。

试想，春光明媚，和风惠畅，柳影如梳，百鸟啁啾，在这样的美丽背景中，大片大片的郁金香，赤橙黄绿青蓝紫，五彩缤纷的郁金香，构成一个色彩纷繁的郁金香世界。这是多美的图画！可惜，这回我要赶回广东，看不到太子湾的郁金香展了，只能带着遗憾离开杭州。

"山重水复疑无路，柳暗花明又一村"，没想到我错过的只是太子湾的郁金香展，并没有错过郁金香的芳香。在杭州机场，很意外地邂逅了郁金香。

这要感谢一场雾。

那天早上，我匆匆忙忙地坐出租车到杭州机场。司机开得很慢。因为要赶早上8点钟的飞机，我担心误了时间，一路不停地催司机开快点。

坐在车上，透过窗户往外望，在杭州市区只是感觉天

色有些灰蒙，没什么雾。离市区越远，雾气越来越浓，能
见度非常低。由于雾太大，能见度太低，除了开往机场的
高速公路，其他路都被封了。司机见我一副火急火燎的样
子，就安慰我，说，看来飞机不能按时起飞了，你不要急。

我怎能不急呢？误了这个航班，就误了我回广东的时
间，我不知又要等到什么时候才弄到回广东的机票。那是
误不起的啊！

终于赶到机场。果然不出司机所料，飞机不能按时起
飞了。我在候机室，听到广播不停地播放哪个航班缓飞的
通知。因为天气原因，很多从杭州飞往其他国家、城市的
航班都推迟了。我乘坐飞往广州的航班要推迟两个小时！

人算不如天算。我除了等待别无选择。

坐在候机室里无所事事。出到外面，突然眼前一亮，
精神大振。大门两旁的花圃，还有门正中的两个大花盘，
郁金香正迎风怒放。白色的、黄色的、红色的、玫瑰红的、
紫色的、粉红色的，色彩斑斓，尊贵无比。它的花瓣，有
的像皇冠，有的像酒杯，有的像火红的心，姿态各异，精
美漂亮，令人惊叹不已。

我赶快拿出相机，左拍右摄，又是远镜头，又是微距，从不同角度拍郁金香。有几个像我一样候机的人，也围着郁金香细细品赏。

"兰陵美酒郁金香，玉碗盛来琥珀光。但使主人能醉客，不知何处是他乡。"一个蓄着大胡子、扎着"马尾巴"的中年男人念起李白的《客中行》。看他的气质应是个艺术家，或是诗人。

"郁金香19世纪才开始引进中国，李白又是怎么见过郁金香呢？也许他写的不是郁金香花，而是盛在酒杯里，散发出金黄色的芳郁香吧。"诗人的同伴回应他。他也扎着一条很艺术的"马尾巴"。说这话的时候，他俯身低头用力嗅花的香，那样子很抒情。他大概想嗅一嗅是不是"兰陵美酒郁金香"。

他们的对话很有趣，我没有考究过李白诗中的郁金香，是不是此郁金香。但我知道，郁金香是荷兰的国花，它和风车成了荷兰的象征。但最早种植郁金香的不是荷兰人，而是土耳其人。直到16世纪郁金香才被传入荷兰，17世纪风靡欧洲。在古欧洲，郁金香是贵族所喜爱的花，不是谁都可以随便种，只有贵族名流才有资格种植郁金香。

郁金香的贵族气派、美丽外表、庄严品质，也得到诗人、作家的宠爱。在欧美的文学作品中，郁金香被看作是胜利和美好的象征。郁金香花语之一就是：爱的表白、荣誉的皇冠、永恒的祝福。法国大作家大仲马在《黑郁金香》中对郁金香赞赏有加："艳丽得让人睁不开眼，完美得让人透不过气来"。

19世纪，郁金香远渡重洋来到中国，很受欢迎。在上个世纪的七十年代，荷兰女王贝亚特丽克丝访问中国时，把郁金香作为珍贵的礼物赠送给中国人民。郁金香成了中荷两国人民的友好"使者"。

当我如数家珍般跟两个很艺术的男人聊起郁金香时，他们很惊讶，问我是不是研究郁金香的专家。我说，我不是。我只是像他们一样因为一场雾而滞留在杭州机场的普通旅客。

我还告诉他们，我打算去太子湾看郁金香，可赶不及了，正遗憾着呢。没想到一场雾促成了我和郁金香的邂逅。就像双色郁金香的花语那样：美丽的你，喜相逢。

有些收获往往在拐弯处，不经意的一转身，就撞个满怀。

寻找"雨巷"

一

讲中国现代诗歌，戴望舒的《雨巷》是绕不过的坎。戴望舒以一首《雨巷》而扬名，获得"雨巷诗人"的美誉。而《雨巷》成为中国现代象征派诗歌的代表，至今仍吟咏不衰，还被编成舞蹈剧。

戴望舒生于杭州，《雨巷》的"原型"正是戴望舒故居那条巷子。

因为喜欢戴望舒的《雨巷》，到了杭州，我马上想到寻找戴望舒的故居，诗人的"雨巷"。

第一次到杭州，正是烟雨朦胧的早春二月。在雨中，我走到一条旧巷子，有人告诉我这就戴望舒的"雨巷"，我以为这就是丁香姑娘撑着油纸伞独行的雨巷。我暗自庆幸，第一次来江南就遇到江南烟雨，又见到戴望舒所写的雨巷。

后来才知道不是戴望舒的故居。我问了在杭州的文友，是否去过戴望舒的故居？他们都说没去过，甚至反问我戴望舒故居真的是杭州吗？

连杭州人都不知道戴望舒的故居！

今年秋天到杭州，我打算再次去寻找戴望舒的故居。我询问旅行社的业务经理，他跟我同姓，一个中年人。他说他在杭州旅游业工作十多年了，从来没听说过戴望舒的故居。在杭州也没有人向他打听过，我是第一个。他很热情地打电话问同行，戴望舒的故居在哪儿？一连打了十来个电话都没有人知道在哪里。

我很纳闷：大名鼎鼎的戴望舒，杭州人居然没有人知道他的故居，这是怎么回事？

我想到网络，上网查寻，终于看到这样的文字："位于大塔儿巷，建于民国初年，属粉墙黛瓦、泥壁木窗的中式里弄楼房。为著名诗人戴望舒故居，著名诗篇《雨巷》之原型。诗中的雨巷有大塔儿巷的影子，小巷的幽静悠长和略带忧郁的气质给了童年、少年和青年都在此生活的戴望舒以创作的灵感。现为民居。"

十分钟后，老陈喜滋滋地告诉我，他打听到大塔儿巷在哪儿了，但他也没去过那里。他说我很特别，居然为了一首诗而去寻找诗人的故居。他自告奋勇开车带我去找，他也想看看我说的那个"雨巷"到底是怎么样。作为搞旅游的人，这样的寻找对我对他都有帮助。我同意了。

车子进到一条大道。这一带是民居，很普通，也有点乱。像是乡镇，而不像大城市。

道路一旁是商铺，东西都摆到门口卖了。路的另一旁停着车子。这条路本来就不宽，人来人往，就更逼仄了。老陈把车也停在路旁。

一个中年妇女坐在门口拣菜，我热情地上前问戴望舒的故居在哪里？她抬头望了我一眼，反问我戴望舒是谁？我找他有什么事？我哭笑不得，耐着性子解释：戴望舒，

中国现代著名的诗人，杭州人，他写的《雨巷》很有名，诗中的"雨巷"就是以他家那条巷子为原型。

女人表情有点疑惑，还有点不屑。我知道自己是对牛弹琴了，忙说声不好意思打扰了。后又一连问几个人，都摇头说不知道。

一个老人躺在椅子上，戴着老花眼镜，正在看书。我想他应该知道戴望舒。我上前向老人打听。果然，他有听说过戴望舒的名字，但好像知道的不多。他叫我走到这条路的尽头，再往左拐就见到一条巷子，具体哪家是故居，他也不清楚。

我沿着他指的方向往前走。这一带显得很吵嘈，施工机器的轰鸣声响个不停，还有一家正在拆房子，灰尘滚滚。这跟我想象中的"雨巷"相差太远。

老陈停好车子，陪我一起寻找。

二

我们终于找到大塔儿巷，是一家寺院，叫"觉苑寺"。戴望舒的故居怎么变成寺院了呢？难道我们弄错了？在巷子里，我们问了几个人，有的爱理不理，有的说不清楚。寺院门口站着一个胖乎乎的中年男人，我向他打听，他问我们干什么的？那神情显得很警惕。我告诉他我寻找戴望舒故居的原因，只是因为一首诗，一个梦，一种情结。他立即变得不屑起来。也许在他眼里，我这样的寻找不是发神经，就是吃饱了撑的没事找事。他哪里明白圆梦的过程，就是快乐的积聚。

这里的确有一条长长的窄巷，古旧的路面用水泥铺就，而不是青石板，没有那种平平仄仄的韵味。这条巷子大概有二百米长，两米宽。我们沿着这条窄窄的路往前走，走到尽头往左又是一条巷子，这条巷子更加狭窄了，像我这样不胖不瘦的人一个人走比较合适，两个人并排走就很逼仄。

我想起在青岛寻访文化名人故居的过程。青岛是一个只有一百多年历史的年轻城市，文化底蕴无法跟北京、杭州、南京等城市相比。城市需要文化底蕴来支撑。文化名人是一个城市的财富，使城市散发出浓郁的文化气息，提高城市的文化品味。所以青岛人十分重视文化资源的保护，专门修缮文化名人故居。在每个文化名人故居门口挂着牌子，在旅游地图上有标示。因此，寻访历史文化名人故居者一目了然，手持一张地图就可以找到。

可是在杭州寻找戴望舒的故居不像在青岛那样方便。

我只好又拿出手机上网查阅，终于查到这样的文字："诗人戴望舒先生在浙江杭州的故居大塔儿巷，东起皮市巷南段，西至下华光巷，全长156米。宋时巷里有'觉苑寺'，寺中有塔曰'城心塔'，大概是位于郡城中心之意。巷以塔名。1966年改名为灯塔巷，1981年恢复旧名。"

按照这段文字，戴望舒的故居就在这条巷子，但到底哪家是戴望舒的故居呢？没有明确的标志物，也没有人给我们明确的答案。我决定不再问哪家是戴望舒故居。我已在戴望舒的"雨巷"了。

阴沉的天早已下起小雨，幸好我带着雨伞。我撑开花布伞，而不是丁香姑娘的油纸伞。

我觉得老天爷待我不薄，知道我来寻找"雨巷"，特意派来风，遣来雨，给我布置背景，营造气氛，让我走进《雨巷》的意境。雨巷是戴望舒的雨巷，这个雨巷走过像丁香般的姑娘，那姑娘结着愁怨，向他走来，又远他而去。就像那些梦来了又走了，给年轻的诗人留下一巷的愁绪。

三

《雨巷》写于 1927 年，正是大革命失败，白色恐怖笼罩之时，年轻的戴望舒苦闷抑郁，他希望逢着一个丁香般的姑娘，跟他踏着平平仄仄的青石板，一起走过长长的雨巷，走进明媚的世界。可是，他没有如愿，雨巷只是他一个人的雨巷，没有丁香般的姑娘为他撑着油纸伞，雨巷只有他颀长而孤独的身影。这雨巷是如此的寂寥，这现实是如此的无奈。

如果说在《雨巷》这首诗中，诗人写的是梦的破灭，交织着失望和希望、幻灭和追求的双重情调，它是一种象征意义，那么戴望舒的初恋就是现实版的"雨巷"。情窦初开的诗人爱上了同学施蛰存的妹妹。可是施妹妹对诗人并没有爱恋之情，她只当他是哥哥的同学。戴望舒并没有因为施妹妹的漠然而熄灭爱的火焰。相反，爱之星火越燃越烈，变成一团熊熊燃烧的烈火。诗人烧瘦了自己，却打动不了伊人的芳心。丁香般的梦再一次破灭了，他要从高楼俯冲下去告别这不如意的人生。也许是诗人的痴情打动伊人，也许是他的惨烈让伊人害怕，施妹妹接受了诗人，并很快订了婚。但施妹妹要诗人到国外留学，有能力养家糊口了再结婚。为了爱情，为了未来的幸福，贫困交加的诗人远渡重洋到法国留学。这期间，诗人隐约听到伊人情变的消息，可是他坚信爱情，坚信誓言。他是至情至性的人，他坚信爱情固如雨巷的青石板。

他年少时日夜走过的雨巷，青石板依然坚固如初，只是伊人不再是初见时的模样，爱情的天空变了颜色。诗人以一记响亮的耳光，给八年的苦恋划了句号。

此后，诗人的两段婚姻留下三个女儿。新中国的钟声敲响的第二年，诗人永远离开了他的雨巷。巷子依旧在，只是再也没有当年那个追梦的诗人。

"雨巷诗人"到天国寻找他的"丁香姑娘"了。他留下的《雨巷》，他诗中的"丁香姑娘"，还有那条"雨巷"，永远留在读者心中。

秋雨依然绵绵不断，老陈站在一屋檐下避雨。巷子太窄，雨伞太小，我独自撑着雨伞走在雨中的窄巷，徘徊在戴望舒的"雨巷"，感受丁香姑娘的愁绪。偶尔有几把雨伞从我身旁飘过，那是时髦的现代女子，而不是丁香姑娘。丁香姑娘只在凄美的诗中，在淡淡的忧愁中。

雨中访万松书院

一

去年初春，我到杭州。从萧山机场下飞机，坐出租车经过万松书院时，司机告诉我这是梁祝同窗共读三年的地方。梁山伯与祝英台的故事，我早已耳熟能详。没想到他们结缘的地方就在眼前。当时，我就很想进入书院看看。可是因为赶时间，最终没有进入。后来在杭州的几天，忙着办事，游其他景点，万松书院就这样被错过。

今年秋天到杭州，心想着一定要补上这一课。

这天，寻访戴望舒故居后，天又开始下雨。都说江南秋雨绵绵，可这天的秋雨滂沱如注。虽然下着大雨，我没有停下来的意思。我让陪同我的老陈直接开车去万松书院。老陈说，万松书院少人去呢，也没什么好看，天又下着雨，不如去西湖。

我说，等会再去西湖，现在先去万松书院。老陈当然不知道，我错过了去年的万松书院，今日的万松书院无论如何都不能错过了。杭州，我还能来多少次呢？江南，再见时还会是雨雾迷茫、柳绿花红吗？每个人都不知下一站会是怎样的情形，有怎样的风景。就如当年，梁山伯与祝英台在万松书院结良缘，有谁知一对有情人难成眷属？

万松书院位于西湖南缘凤凰山万松岭。车子在万松书院侧边的一个停车场停下，我们打着雨伞走路到书院。伴随着一路风和雨，我们走到书院正大门——万松门。门口前面的墙上有一大幅灰白色浮雕，中间雕刻的是，梁山伯与祝英台当年在万松书院同窗共读的场景。

西湖周围唯一以书院文化为主体的文化公园就是万松书院。游万松书院，游的是人文景观，是文化，不像西湖有那么多醉人的自然景观，湖光山色。万松书院有两条文

化主线：明为"明清知名学府"，暗为"梁祝爱情之地"。
景区在布局上也是按这两条主线设计。走在万松书院，既
可以了解书院的历史，感受书院的文化气息，还可以徜徉
在梁祝散着书香的爱情故事。

进入万松门，在碎石山道两旁，草坪如茵，树木苍郁。
松树、香樟、银杏、沙朴、枫香等，如云似盖。经过秋雨
的洗礼，草更碧，树更绿，满眼碧绿，赏心悦目。草坪上，
竖立着周敦颐、张载、程颢、程颐、朱熹等对中国书院文
化有较大影响的名人塑像。

二

走到小道尽头，便是万松书院。

　　万松书院依山而建，建筑以明代风格为主，从下到上有三进。主体建筑是三座呈"品"字型排列的牌坊，寓意为"做人要有人品，为官要有官品"。在"才"与"品"上，古人更推崇"品"。"品"体现一个人的思想修养，为人处世的的准则。一个人如果无才，尚可以原谅；但如果无品，则难以饶恕。牌坊的背面分别刻着"太和元气"、"道冠古今"和"德侔天地"，这些是对孔子的思想、贡献和主张等的歌颂、赞赏。

　　"品"字石坊成了万松书院的标志性建筑。在它的左边，有一半圆形的水池，叫泮池。因其形状似一弯月，故又叫"月河"。泮宫是中国最早的学府的名称。泮宫建有泮池，学生跨过了泮桥才算正式入学。

　　万松书院历史悠久，建于唐贞元年间。不过那时还不是书院，而是一座寺院，叫报恩寺。白居易和苏东坡，先后在杭州任地方官，他们曾来报恩寺，同寺僧谈禅说理，兴之所致，还留下了墨宝。明弘治十一年，在报恩寺的遗址上改建成书院。白居易有诗"万株松树青山上，十里沙堤明月中"，人们取其诗意，叫万松书院。在此后的几百年间，万松书院先后被改名为"太和书院"、"敷文书院"。康熙亲笔手书"浙水敷文"匾额赠予书院。现在书院内立有一牌坊，上雕刻有"浙水敷文"几个金色大字。

"浙水重敷文，看此山左江右湖，千尺峰头延俊杰；英才同树木，愿多士春华秋实，万松声里播弦歌。"书院在鼎盛时期，吸引了无数名家学者、学子慕名而来，成为明清时期杭州城中历史最久、规模最大、影响最广的文人汇集之地。明代的王阳明、清代的齐召南、秦瀛等大学者曾在书院教书讲学，也培养了像袁枚等一代博学大家。

雨还在下，只是这时变成绵绵细雨了。我和老陈继续走在秋雨中，怀着敬仰的心情走进"礼义之门"仰圣门，再沿着毓粹门——明道堂——居仁斋——山义斋，最后随着步步高升的台阶走到大成殿。孟子赞扬孔子为"集大成"，意思是说孔

子深刻的思想、精博的学术，已经达到了集古圣先贤之大成的境界。因此，此处叫大成殿。殿中有康熙手书"万世师表"的匾额，殿正中有"圣人"孔子及复圣颜子、宗圣曾子、述圣子思、亚圣孟子这"四配"的木雕坐像。

大成殿是师生们祭祀孔子及历代儒家先贤之所。

三

万松书院不仅有先贤，有书香，还有爱情。

梁山伯与祝英台的爱情是中国四大"传奇爱情"之一，被列入"第一批国家级非物质文化遗产"之列。传说，梁山伯与祝英台在万松书院相识、结缘。于是便有"万松书缘"。

在毓秀阁，有"梁祝书房"，据说是当年梁山伯与祝英台在万山书院读书的地方。厅堂正中，有梁山伯和祝英台苦读的东阳木雕像。"促膝并肩两无猜"，雕像中的梁山伯站在书桌后，身体向前倾，似在跟祝英台说什么。祝英台手持一本书，坐在椅子上，正在和梁山伯讨论问题。墙面有壁画，是跟梁祝有关的几个场景，比如梁祝草桥相会、柳荫结拜、三年同窗、十八相送等。

书院的双照井和观音堂、草桥亭都是跟梁祝爱情有关的景物。

在封建社会，崇尚女子无才便是德。女子被剥夺与男子一样进学堂读书的机会。求学心急的祝英台女扮男妆，来到万松书院读书，与梁山伯同窗共读三载，同睡一张床，始终没有被识破女儿身。在三载的共处中，祝英台日久生情，爱上梁山伯，并多次暗示自己的女儿身，可惜"呆头鹅"梁山伯没有听懂祝英台的弦外之音，埋下爱情悲剧的种子。他们死后双双化蝶，永远在一起。表现了人们对爱情的美好愿望。

从万松书院出来，雨已停了。老陈告诉我，现在的万松书院，每周六上午为杭州人提供相亲平台。"万松书院相

亲会"名声大振，远远闻名，不少人前来报名相亲。百年学府又多了一个功能，增添了浪漫色彩。

这天不是周六，我无缘见到相亲会的热闹。虽然无缘见到相亲之热闹，但我祝愿天下有情人能成眷属，少些像梁祝这样的爱情悲剧。

西子湖之秋

我跟西子湖也算是"老朋友"了。我认得西湖，不知美丽的西子湖可否记得我？也许她不记得我了。千百年来，多少爱恋的目光依依在断桥残雪，多少赞叹声掷满平湖秋月，多少不舍的脚步叠叠在苏堤春晓，丈量着西湖的厚重，翻越着唐诗宋词的向往。西子湖承载着太多的爱恋。

这是八月底的一天，雨后初晴，我又一次见到西子湖。去年春天我跟西子湖第一次见面。

这次看到西湖，已没有初见时的兴奋。犹记得初见西湖时的兴奋、激动，就如初见暗恋很久的恋人，激情难耐，溢于言表，情不自禁拥抱、亲吻。

　　我用一颗平常心看眼前的西湖，初秋的西湖。陪我游览西湖的是在杭州认识的老陈，他是搞旅游工作的。因为这次来杭州，我一定要看戴望舒的故居，他开车陪我雨中寻找戴之故居。我们找到了戴望舒笔下，那个丁香姑娘结着愁怨的"雨巷"，窄窄的巷子似乎还氤氲着她的芳香。尔后，他又陪我游览万松书院，雨中的万松书院。这是梁山伯与祝英台当年同窗共读结情谊的地方。万松书院就在西湖旁，我自然要看看秋之西子湖。

　　初秋的西湖满眼的苍绿，那是成熟的碧绿、苍翠、墨绿。尤其是围着西湖岸的杨柳，绿得充分，绿得不留一点空白，绿得豪情万丈，没有春天的娇柔、羞涩。条条柳枝披绿带翠悬挂在树间，挂满了整棵树，郁郁葱葱，密密麻麻，像是绿色的瀑布直泄千丈。那柳枝许是嫌树不够高，

或是贪恋西湖水之清凉，把绿枝伸进西湖里，像西子姑娘把她如云的秀发伸进西湖水中。

我记得杨柳初春时的模样。那时她刚从寒冬中醒来，赤裸着身子。远望去她只有灰褐色的枝枝干干，走近一看，你会惊喜地发现，在那些如同枯干的枝丫上，点缀着一个个如同米粒般大小的绿芽。如今，春天的绿芽已长成秋天的浓密。

初秋的风喜欢躲在山后，让太阳裂着嘴大笑，让滚滚热浪扫荡西湖，让人们汗流浃背说着太阳的不是。偶然，风从山后跑出来，像顽皮的孩子，胳肢着无精打采的柳枝。柳枝大概给他弄痒了，笑着，轻叫着，拼命扭动腰枝，忍不住把头伸出水面，与风追逐嬉戏。

这天西湖时晴时雨，"水光潋滟晴方好，山色空蒙雨亦奇"，苏东坡千年前写的意境一展无遗。幸好我带着雨伞，可以遮阳挡雨。虽说天气阴晴不定，却不减游人雅兴。西湖边游人如浩浩荡荡的钱塘江潮。

如果说春天的西湖是含羞答答的美少女，那么初秋之西湖就是成熟的艳少妇。同一个西湖，不同季节呈现出不同的美，展现不同的姿态，涂抹不同的颜色。

美是丰富多彩，五彩缤纷的，就看你对美的取舍。西湖很懂得美学，她怕你审美疲劳，所以她给你展示不同季节姿态各异的美，让你一年四季看到她不同的美。风情万种，千娇百媚。难怪自古以来，别说文人骚客，就是普通老百姓，面对西湖，也情不自禁举杯邀月对饮，研墨挥毫作诗书。

秋天的西湖早已消了桃花的倩影，叫我惊艳一季的桃花早已凋谢在春天的舞台。去年春天，桃花如潮似海的壮观，只能成为我记忆的底片。一树桃红，一树繁梦，我对桃花的钟情，在秋天无法送达。

可是我见到了如桃花般美丽的姑娘。

在柳浪闻莺，几个金发碧眼的外国姑娘，撑着西湖牌油纸伞，如盛开的桃花。在到处是碧绿苍翠的西湖，这朵朵桃红，格外醒目。她们一路摆弄着各种姿势，笑颜逐开。她们靓丽的模样，如花的笑容，引来无数爱恋的目光。在断桥边，我又与这几个外国妹子不期而遇，我们互相热情地挥手问好。她们依然是撑着油纸伞拍照，一个接一个轮流着拍照，还叫我帮她们拍合影。我问她们知不知道断桥的来历？知不知道白娘子与许仙的传说？

"知道啊！"其中一个用流利的汉语回答我。她们是留学生。

"我们还会唱《千年等一回》呢。"她们笑得更灿烂了。

"千年等一回/我无悔啊……西湖的水/我的泪/我情愿/和你化作一团火焰。"她们声情并茂地唱，让我相信，她们对这个凄美的爱情故事，不只是知道这么简单。西湖的美不是只留在中国，她早已漂洋过海。

"六朝古都"之南京篇

去南京好事多磨

一

南京，是我的江南行的一个既定目标。

当知道要重游江南时，我就把南京锁定为既定目标。那些日子，南京成了我的关键词，我泡在网上查阅南京的有关资料，搜索跟南京有关的点点滴滴，甚至在网上订好了从南京回广州的飞机票。也就是说，我的江南之行，无论我去哪个地方，终点都在南京。南京，我对你是如此钟情；南京，你让我破釜沉舟。

秋天的江南行，第一站便是杭州。在美丽的杭州，我见到了神交已久的文友，她给我最好的招待，让我心生内疚。第一次到杭州，我轻轻地来，悄悄地走，没有告诉她，我到了西子湖畔，我的脚步停留在她日日走过的梧桐路，我似乎闻到了她的气息。

再次到杭州，我不敢再轻轻地来，悄悄地走，我告诉她：杭州，我向你飞来了。在杭州只逗留两天，我就向她告别。无论她怎么挽留，我都坚持要走。是的，我必须走。南京，早已在向我招手。尽管，这是一个人的南京之旅。

文友叫了辆车把我送到火车站。这时已买不到去南京的火车票，飞机票更不用提了。我独自拖着沉重的行李，从这个站跑到那个站，辗转在杭州街头，在夕辉满天中寻找去南京的长途汽车。我别无选择，只能选择去南京的末班车。

出租车把我送到汽车站，买票的人排成长龙。司机说，车站旁边有个售票处，票价跟在车站一样。不用排队，比在车站里买票方便得多呢。我全信了，听任他把我带到车站旁边的售票处。

我的轻信，我的贪图方便，给自己这一晚带来很大的麻烦，差点酿成大错。

我购了票，就坐在汽车站旁边的售票处等。等了很久，还不见车来。我着急了，问他们去南京的车什么时候来？他们说，很快就来了，你不要急，就坐在这里等。车来了，我们就叫你。

于是，我继续等。从夕阳的最后一缕光线完全收回，到月上柳梢头，我去南京的那班车还是没有来。这么晚了，班车还没有来，他们是不是欺骗我？如果没有车去南京，我该怎么办？杭州虽美，可是我的心早已飞到南京，再也无法安静下来，再也不想多待一晚。

脑子里不断想着各种问题，我再也无法安心坐等，走到公路旁，看着南来北往的车，寻思哪一辆车可以带我抵达南京。我在黑夜中的焦急，得到的只是那伙人的敷衍。路上的街灯闪闪烁烁，天上的星星也眨着眼睛。想着万家灯火，多少人家团聚，笑语盈盈，而我独自在异乡的街头，等待去另一个异乡的旅途。

我不敢致电给任何人诉说自己的疑惑，满心的酸楚。

去南京的班车来了，快上车！一个中年妇女推推我，又说，早就说过不骗你嘛，现在相信了吧？

我欢天喜地坐上班车。车开不到几分钟，停下。一个四十岁左右的中年男子叫我下车，说到前面等车。车上不少人都下车了。中年男子领着我在杭州的街头拐来拐去，看见我提着行李箱走得慢，他不由分说拿起我的行李，走得飞快，见到警察就闪开。

我马上醒悟过来，我遇到"李鬼车"了！

他会把我带到哪里呢？我会不会是被人拐骗了还沾着口水帮人数钱的傻瓜？这时，我已顾不得怕了，事情到这地步，怕也没有用。我对自己说，要冷静，要见机行事，你还是警察的女儿呢！这么想着，我开始不怕了，反而滋生一种冒险的豪气。

一个警察站在路口，男子拐到另一条路，一眨眼就不见人了。天啊！我行李箱还在他手里，里面有很多东西。我急了，也顾不得什么形象了，脱掉硌脚的鞋子，一路快跑，终于追上那个把我甩得老远的中年男子。

我说，大哥，你跑得比刘翔还快，是不是想把我甩了？你一个大男人，要懂点怜花惜玉嘛！我把鞋子在他面前晃了晃。

他马上表清白，说他不是坏人，刚才跑得快是怕误了车，去南京的车就在前面。

继续走路，他再也不跑了，还不时回头叫我快点跟上。

中年男子带我上了一辆挂着"杭州—南京"牌子的班车。我怕弄错，几次问司机是不是去南京？司机说是，旁边的旅客也说是去南京，我这才放心。

中年男子也在班车上，还特意走到我的座位前，又一次表清白：我早说过我不是坏人嘛！

现在，我已顾不得他是不是坏人了。这其中的变故，我也不想弄明白了。我在想下一个问题：去南京的住宿问题。杭州离南京几百公里之远，到达南京肯定是深夜了。在南京，我人生地不熟，深更半夜到哪找地方住？如果遇到不怀好意的，我独自一个人在南京怎么办？

我抱着侥幸心理，拿出手机拨打事先从华东某旅游网抄下的手机号码。通了，是一个男子的声音。我说，我现在坐客车从杭州去南京，能安排住宿吗？他说，您报上您现在坐的车次、发车时间、到南京的人数及姓名，我们会派人到车站接您。我说，我只是一个人，你们会接吗？我担心他会嫌我人少，没多少油水可捞，不干。他很肯定地说，您放心，一个人照接！我们还会给您安排好住宿以及第二天的旅行。男子下班时，给我一个手机号码，叫我跟那人保持联系，到时会有人在车站等我。

客车接近南京的时候，一个陌生的电话打来，说他是负责接我的人，问我坐的客车到哪里了？然后每隔一段时间就打我手机，询问车到哪个地方了。晚上十二点钟，客车终于到达南京了。我打对方的手机，告诉我到达了。一会，一辆白色的小车钻出一个男子，说是某某旅游团的，问我是不是陈华清。我们就像地下党接头一样，对"暗号"。他问，我答复；我问，他回应。对上了，没错，就是你。上车！

车子一直载我到一家酒店。下车，办理住宿手续，签第二天旅游合同，交费，一切都进行得很顺利。

放好行李，洗漱毕，躺在洁白的床单上，打开电视，看着重播的南京晚间新闻，我确认，南京，我终于到了！这一路有惊有险，但总算安全。是我的运气好，还是杯弓蛇影，把人想得太复杂？

历史的秦淮河

一

南京和北京、西安、洛阳并称中国四大古都。这是一个有着厚重历史的城市，这是一个有着人文气息浓郁的地方。南京的的厚重，一半集中在秦淮河一带。

我是在九月微凉的时节，来到南京夫子庙秦淮风光带。

位于秦淮河北岸的夫子庙不只是一座庙宇，包括夫子庙、学宫和贡院三大主要建筑群。这里是明清时期南京的文教中心，也有由文教中心演变而成的繁华闹市。

早上七点多钟赶到夫子庙，已是人山人海，摩肩擦背。金发的，黑发的，棕发的，都有。不少是旅游团。导游高举五颜六色的旗子，用喇叭高声招呼团员快跟上。导游的讲解声此起彼伏，讲的内容大同小异，甚至惊人相似。

夫子庙也叫孔庙、孔子庙、文庙，跟全国各大孔庙一样，是纪念、祭祀被中国人尊称为"至圣先师，万世师表"的孔子而建的祠庙建筑。

夫子庙前有一个宽大的广场，正中有一座牌坊，叫"天下文枢坊"。再往前走，便见到石质结构的牌楼棂星门了。这是夫子庙的庙门。"棂星"，也就是古天文学上所谓的"文星"。中国的孔子庙建筑中轴线的第一道门都叫做"棂星门"，象征孔子是天上的文曲星，也代表天下文人学士在此集学。在孔子故里曲阜，我见到的孔庙棂星门，四柱三门，左右两边大门为大红色，整个棂星门高大、庄严，令人肃穆起敬。眼前的南京夫子庙的棂星门，则是六柱三门石牌坊，多了两面明清风格的砖壁，墙上嵌有牡丹图案的浮雕，显得古朴典雅。

我穿过棂星门，走过孔庙的正门大成门，沿着

中间的石雨道走，便到大成殿。这是夫子庙主殿，重檐歇山顶，气势恢弘。"大成"就是集古圣先贤思想之大成之意。孔子的铜像矗立于殿前，右手握住左手，放于胸前，像是在给学生传道授业解惑，神态自若。左右两旁各立有六尊汉白玉像，是孔子的十二弟子，似在聆听孔子的教诲。

文能安邦，武能定国。开明的君主都认识到人材的重要性，通过各种形式培养人材，拢络人材。"治国以培育人材为重"，应立太学。王导的提议得到东晋成帝司马衍的肯定。于是，咸康三年（337 年）始建太学于秦淮河岸。当时只建学宫，还没有建夫子庙。直到宋仁宗景祐元年（1034 年），在东晋学宫的基础上扩建成夫子庙，形成前为夫子庙、后为学宫的格局。

出现在我面前的学宫，柏木牌坊上题有"东南第一学"几个大字，可想学宫在当时影响之大。宫内有"志道"、"据德"、"依仁"、"游艺"四斋，是学子读书、自修的地方。"明德堂"是则是学子集会的地方。堂名是文天祥的手迹。

我走走停停，不知什么时候跟团队走散了。本来，我和这个旅游团的人一个都不认识，走散了，干脆独自游览。反正在规定的时间，在指定的地点集合就行了。于是，我不再寻找他们，拿着一张地图，按图索骥，碰到有导游讲解，就凑过去听一听。

过了学宫，游人越来越少了，刚才熙熙攘攘的人流分流到各处，尤其是东西市场。

学宫前甬道，现在复建为东、西市场。其格局是明清时代的庙会形式。两旁建筑是江南常见的徽派建筑：石板地、青砖、黛瓦、马头墙、回廊、花格窗。市、庙、店、街融为一体，古色古香。这里荟萃了南京及至全国各地的风味美食。"夫子庙小吃"成了南京旅游的一个品牌。有些人来南京，首先到夫子庙，不为别的，就为了夫子庙飘香的小吃。

贡院在学宫东侧。大门口正中有一牌匾，黑底、金字，上书"中国古代最大科举考场"，下书"江南贡院"。门楼后面是"明远楼"。

贡院始建于宋乾道四年（1168 年），规模不大。为适应社会的发展，明清两代，贡院不断扩建，

规模越来越大。鼎盛时期，单单是考试号舍就有二万多间，考生一人一间，每次考试可以同时容纳二万多考生，为全国考场之冠。当时的江南贡院跟顺天（北京）贡院并称"南闱"、"北闱"。每到考试，大江南北，各地考生，马奔橹摇，一路奔波。不难想象，二万多考生，再加上其他的工作人员，这时的江南贡院有多热闹，秦淮河有多热闹。

经历了一千多年的科举考试，其弊端日越显现，清朝光绪三十一年（1905 年）被废除。"皮之不存，毛将焉附"，江南贡院也完成了它特定历史时期的使命。大部分改建为市场，只留下部分作为历史文物。现在，在"江南贡院"里面有考生的模拟场面，再现当年科举考试的情景。这些考生中，上至白发苍苍的老者，下至懵懂少年。可怜的学子，为了一纸功名，九天八夜，吃喝拉撒都在这个如同监牢的号房；为了光宗耀祖，考得虚脱，晕倒在地浑不怕。

江南贡院作为科举考试考场，为封建统治者从民间选拔优秀人才，使出身贫寒的农家子弟通过考试跻身于上流社会，为国效力，起过一定的积极作用。单是清朝，江南贡院高中状元的有 58 名之多，而清代状元总数只是 112 名。不少妇孺皆知的才俊、历史名人，如"江南第一风流才子"唐伯虎、"扬州八怪"之一的郑板桥，还有欧阳修、王安石、林则徐、曾国藩、李鸿章、陈独秀等都出自江南贡院。

江南贡院也是学子梦碎之地。多少人名落孙山，人财两空，落个穷愁潦倒一生。

在江南贡院众多名士中，吴敬梓是一个绕不过的人物。在江南贡院立有他的塑像。他败也江南贡院，成也江南贡院。出生于官宦世家的吴敬梓，18岁时就考取了秀才。几次到江南贡院考举人，都名落孙山，被人嘲笑。他看透世态炎凉，再也无心考取功名。后来，他迁居南京，就住在离江南贡院很近的秦淮河畔。考生的嬉笑怒骂、虚假堕落，考场的徇私舞弊、阴暗肮脏，他都观察得清清楚楚。并以此为素材，历时近十年，创作了我国古代最著名的长篇讽刺小说《儒林外史》，为世界文学贡献了经典之作。《范进中举》中的范进原型就是江南贡院的考生。

现在，在秦淮河畔，有吴敬梓的故居。

二

游览完秦淮河北岸，在夫子庙大快朵颐品尝小吃。午时过后，提着在夫子庙购买的大袋小袋，一边打着饱嗝，一边向泮池码头走去。

泮池码头上人头涌动，排成长龙，都是等待坐船游秦淮河的游客。我跟他们一样，在南京九月的艳阳下，等待驾驶我走进历史的秦淮河的"秦淮画舫"。

秦淮河是夫子庙的"泮池"。"泮池"是官学的标志，是"泮宫之池"的意思。"泮池"是孔子庙的特有规制。按照古礼，孔子庙的布局形式，一般有照壁、棂星门、庙前广场、大成殿等，棂星门前设有半月形的水池，也就是"泮池"。《诗经·泮水》有记载："思乐泮水，薄采其芹"。在全国众多的"泮池"中，秦淮河是唯一的天然"泮池"，其他的是人工开凿。

站在秦淮河北岸，远远就望见位于秦淮河南岸的大照壁。黛瓦，枣红色的墙面上，左右两条金色的巨龙，正戏耍中间的一颗火珠。这就是象征吉祥喜庆的"双龙戏珠"。"大照壁"名副其实，长110米，宏伟壮观，气势逼人，是全国最大的照壁。

秦淮河中来来往往的各种船舫，上面都写着"秦淮"二字。朱自清在《桨声灯影里的秦淮河》提到的"七板子"没有了，基本上为高大华丽的"画舫"。

排队十多分钟，我终于登上"秦淮画舫"。刚找位置坐好，画舫的广播响起柔美的女声，开始播放秦淮风光带水上游览导游词：

"欢迎乘坐画舫参观游览秦淮风光带，现在我们的船从泮池码头出发，向东行驶一段，绕过著名的白鹭州公园，前往东水关；然后调头向西驶向中华门城堡，最后仍然返回泮池码头。全程大约7.5里水路，船行50分钟时间，可以游览到大约四十几处景点，比如东水关遗址公园、吴敬梓故居、古渡桃叶渡、王昌龄夜宴处、鹫峰寺、明清七彩水街、平江桥、李香君故居、文德桥、武定桥、太字碑、中华门城堡等。"

我乘坐的"秦淮画舫"，黄色的盖顶，像北方马车的华盖。船头大红灯笼高高挂，更兼大红彩球添喜气。枣红色的船身，比公共汽车还要宽。里面宽敞漂亮，平稳如同在陆地。圆形的船柱，也是大红色。大的船柱上描有金龙戏珠。看起来富丽堂皇，高贵典雅。

两岸的碧杨绿柳像帘子挂到河中，倒映到河水中影影绰绰，斑驳陆离；鲜艳的花儿在碧草间，点头微笑；调皮的鸟儿在绿树间，啁啾欢唱。秦淮河成了一条欢腾的绿色长廊，一幅如诗的画卷。

坐在画舫里面，两旁的古建筑与现代化楼群不断闪过，我的思绪也在历史与现代中交错。

有人说"一条秦淮河，半部南京史"，这话并不夸张。

秦淮河见证了南京的兴盛与衰落，欢笑与泪水。每滴水都映着历史的辉煌，每座桥都刻着历史的伤痕。连我乘坐的"秦淮画舫"，也装满了一船的历史。

我坐船游过杭州的西湖，青岛的胶州湾，无锡的太湖，香港的维多利亚港，泰国的湄南河等。没有哪一处的历史比秦淮河厚重，没有哪一次游览心情像秦淮河水那样沉甸甸。

秦淮河，本名"龙藏浦"，是南京文化渊源之地，孕育了灿烂的秦淮文化，被誉为南京的"母亲河"。秦淮河有内河和外河之分。我眼前的秦淮河，是贯穿南京城的内河。

公元前472年，越王勾践在秦淮河畔筑城。从六朝开始，这里成了望族聚居之地。西晋后期，北方长期处于混战中，民不聊生。处于风雨飘摇的晋王室只好另择佳地，南迁定都建邺，也就是今天的南京。他们想船游秦淮河，可是当时秦淮河上行驶的船只简陋、狭小，又难以遮风挡雨。于是，他们对河上的交通工具进行改良。这就是秦淮画舫的前身。从此，豪门贵族可以坐在宽敞的画舫内，可一边赏景，一边饮酒品茗，酬谢唱和，附庸风雅。还可以欣赏"商女"莺歌燕舞。此时的秦淮河，佳丽云集，醉生梦死，燕语声声，丝音袅袅，好不快乐。明清两代，秦淮河的繁华富庶发展到鼎盛时期。"十里秦淮，十里珠帘"就是它的写照。清人捧花生在《秦淮画舫录》对秦淮河一带的风月佳话做了生动的记录："游秦淮者，必资画舫，在六朝时已然，今更益其华靡。颇黎之镫，水晶之戋，往来如织，照耀逾于白昼。两岸珠帘印水，画栋飞云。衣香水香，鼓棹而过者，罔不目迷心醉。"

秦淮河上的游船、画舫、歌妓，成了秦淮河上一道颇具风情的风景，吸引了众多的骚人墨客雅士。他们到南京，必坐画舫游秦淮河。这些文人骚客，也给秦淮河留下传颂千年的诗作。

"烟笼寒水月笼纱，夜泊秦淮近酒家。商女不知亡国恨，隔江犹唱后庭花。"人们提起秦淮河，就会想起晚唐诗人杜牧这首《泊秦淮》。

"三山半落青天外，二水中分白鹭洲，总为浮云能蔽日，长安不见使人愁。"船过白鹭洲，读起李白这首《登金陵凤凰台》令人浮想联翩。

三

画舫进入白鹭洲公园。在一座长长的木板桥上站着几个女子，她们穿红着绿，婀娜多姿，顾盼生辉，各具风情，美丽动人。细一看，原来是历史上有名的"秦淮八艳"的塑像。

我一直在想，是人为，还是历史开的玩笑，秦淮河两岸，展现的是截然不同的文化。历史的秦淮河，北岸是神圣的文教中心，儒家文化。南岸则是夜夜笙歌的青楼酒肆，留下了众多扑朔迷离的"青楼文化"。

在历史的长河里，曾有多少女子站在秦淮河边，把她们洗掉的胭脂水粉倒进河水中，把秦淮河染得五彩缤纷；她们洒进秦淮河的娇笑燕语，搅动了多少缠绵悱恻，连水草招摇的都是多情。时光把她们娉婷的身影投进秦淮河，

拉成多少或怨或爱的诗词，多少或深或浅的情缘，多少亦幻亦真的传说。

封建统治阶级历来有双重审美标准，一方面看不起这些地位卑微的烟花女子，另一方面又喜欢她们的美貌才情。于是，秦淮河南岸自南朝以来，烟柳如云，繁荣娼盛。也几起几落。历史的车轮进入明朝，朱元璋制定官妓制度，建立富乐院，把娼妓文化推向高潮。在秦淮河畔长桥一带，专门设有教坊，供她们学习琴棋书画、诗书礼仪、音乐舞蹈等。还有考核，选秀。相貌出众、才艺出色的女子在选秀中就会脱颖而出。被选中的佳丽送到宫廷、贵族豪门，供皇家贵族娱乐。落选的女子，被送进秦淮河各色青楼中。

像十年寒窗苦读的学子希望高中状元一样，很多烟花女子都希望被选进皇家贵族。所以在选秀中，她们拿出十八武艺，大展才情。于是，秦淮河两岸出现这样的景观：北岸学子拼学业，希望高中状元一举成名天下知，光宗耀祖神气清；南岸"烟柳"拼才貌，进入富贵人家享荣华。这个富有风情的"长桥选秀"，成了当时的金陵四十八景之一。"梨花似雪草如烟，春在秦淮两岸边，一带妆楼临水盖，家家粉影照婵娟"。这是清代著名的戏剧家孔尚任在《桃花扇》中对这一景观的描写。

　　在秦淮河如云的青楼女子中，最为有名的就是"秦淮八艳"。最早是余怀在《板桥杂记》写了顾横波、董小宛、卞玉京、李香君、寇白门、马湘兰六人的事迹。而"秦淮八艳"之称最早见于清代蒋景祈撰写、叶衍兰所绘的《秦淮八艳图咏》，为马湘兰、寇白门、卞玉京、柳如是、李香君、陈圆圆、董小宛、顾横波八个青楼翘楚做像传。

　　这"八艳"不只长得貌如天仙，一顾倾人城，再顾倾人国，而且身怀绝技，能诗会画，才貌双绝。八艳中，除了马湘兰外，其他七艳都生活在明末清初，经历了这个时期的社会大动荡。兵荒马乱的年代，大丈夫都自身难保，何况是烟花女子呢？但是，她们虽为生活在底层的青楼女子，却表现出令士大夫汗颜的民族气节，爱国热情。她们的事迹，她们的高贵品质，正是后人所传颂的地方。

　　现在，"秦淮八艳"中最为人所知的要算李香君了。李香君跟一部伟大的文学作品联结在一起，孔尚任的《桃花扇》写的就是她的故事。《桃花扇》面世后，几百年来历演不衰，成了中国戏曲史的经典之作。而李香君也因为《桃花扇》获得永恒的生命。

　　李香君是苏州人。家道中落后，她流落秦淮河烟花青楼地，被名妓收留、教养。李香君生得娇小玲珑，人称"香扇坠"。她不但天资国色，还"性知书，侠骨慧眼，能鉴别人物。"凭着出色的才情，她成为媚香楼的红姑娘。十六岁，正是如花一样的年龄，她认识了来南京贡院赴考的河南学子侯方域，才子佳人一见钟情，如胶似漆，由此有了她跟侯方域的悲欢离合。侯方域是复社名士，他被奸人所害远走扬州，李香君被迫嫁给权贵田仰。李香君虽为青楼女子，但是并不像杜牧所说的"商女不知亡国恨"，只知醉生梦死。在国家危亡之际，她没有贪图富贵，她选择忠诚于爱情。她誓死不从，一头撞在墙上，以死明志。李香君鲜红的热血飞溅在侯方域送给她的定情信物———一把洁白的扇子上。好友杨龙友在血溅的扇子上画出一朵血红的桃花。李香君守着这把鲜血染成的桃花扇，苦苦等候情郎归来。

风烟滚滚浪淘尽，多少风流，多少寂寞，掩埋在历史的尘埃中。在秦淮河畔，"秦淮八艳"中只留下李香君的故居"媚香楼"，以及马湘兰的故居"孔雀庵"，供后人凭吊，发幽古之情。

"媚香楼"是一幢木质结构的二层楼，离著名的王导谢安故居西一百米。门上挂着一个"媚香楼"的大匾。在一楼的大门口上，挂着"李香君故居陈列馆"横额，两个红灯笼高高挂。大门口有一对联"侠骨兴冰心，花容藏玉质"。这正是李香君花容月貌、冰清玉洁、忠贞刚烈的真实写照。陈列馆设有媚香楼故居展览、书画陈列室、扇文化展厅、轿厅、资料厅、古水门等。对全面了解李香君，了解明朝的民俗文化，很有意义。

四

"秦淮画舫"载我回到夫子庙泮池码头。我在镌刻有"重修夫子庙记"的石碑前凝视良久。

1937 年，对于南京人民来说，是史上最惨烈的民族悲痛。这一年发生了震惊中外、灭绝人性的"南京大屠杀"。丧心病狂的日本侵略者不但屠杀了几十万南京人民，还一把火烧毁了夫子庙等建筑，妄想摧毁秦淮文化。

夫子庙在痛哭。

秦淮河在痛哭。由于历史的原因，人为的破坏，秦淮河变成一条藏污纳垢的黑水河，臭不可闻，行人纷纷掩鼻而逃。昔日的清波荡漾，画舫凌波，桨声灯影，已成为历史的故维纸，明日黄花。

　　夫子庙有幸，秦淮河有幸。在上个世纪的八十年代，南京市政府开始重修夫子庙，恢复一批文物古迹，重建众多旅游景点；整治秦淮河，还世界一条"流动的河、美丽的河、繁华的河。"

　　我作为普通游客更有幸。看到了以夫子庙古建筑群为中心、以秦淮河为纽带的"十里秦淮"风光带的繁荣富庶。坐上绝迹多年的"秦淮画舫"，沿着李白、杜牧、刘禹锡等诗人的足迹畅游秦淮河，缅怀十里秦淮昔日的荣衰，喜见六朝胜地眼前的灿烂。

金陵，味蕾间的诱惑

一

　　到一个地方旅游，能够与美食为邻，枕着美味入眠，这实是一件幸事。

　　在六朝古都南京，我就是一个这样的幸运者。

　　"天下财富出于东南，而金陵为其会"，南京自古繁华地，其美食一样名扬天下。到南京寻美食、特色小吃，夫子庙可是个好地方。这里是金陵小吃的发源地，处于"龙头"地位。其历史悠久，最早可追溯到南北朝时，到明清两代更是兴盛。现时的夫子庙更是金陵的一张名片，饭馆、茶社、酒楼、小吃铺遍地开花。各地像我这样慕名而来的游人，络绎不绝。

这里的美食、小吃品种繁多，琳琅满目，如盐水鸭、回味鸭血粉丝、狮王府狮子头、煮干丝、如意回卤干、什锦豆腐涝、状元豆、旺鸡蛋、活珠子、虾鲜豆腐涝、赤豆小元宵、鸭油酥饼、重八臭豆腐、虾仁蒸饺、黑米莲子羹、三宝牛肉锅贴、金陵雨花茶等，你想吃的东西几乎都可以找到。

我到南京的第二天，白天就在夫子庙附近闲逛，尝尝这个，试试那个，大饱眼福、口福，真想把南京所有的特色美食都尝个遍。这时正是初秋，天气炎热，但夫子庙高大的梧桐树，遮天蔽日，挡住火辣辣的酷热。你坐着，或是站着品美食，都不觉得热气逼人。

南京美食最叫我回味的是盐水鸭。

中国人有"无鸡不成宴"之说，但鸭在南京美食中更具重要地位，就如北京的烤鸭。"金陵鸭肴甲天下"，鸭满南京，到处可见鸭的影子，闻到鸭味的飘香。南京跟鸭有关的历史，早在《陈书》《南史》《齐春秋》等，就有记录了。

南京人对鸭的感情更是渗进民俗中。据说南京准岳父母招待准女婿，设的就是鸭宴，用"鸭"传情。如果不喜欢这个未来女婿，就给他夹鸭翅膀。翅膀是要飞走的，这婚事就黄了。如果看中这个未来女婿给他夹什么呢？是鸭腿？鸭胸脯？都不是。说来你不信，是很多人都不喜欢吃的、鸭最难吃的部分——鸭屁股。这南京的准岳父母也算用心良苦，鸭最难吃的部分他都敢吃了，将来还有什么苦不能吃？这婚事就这么搞腚（定）了。

2005 年，当时的国民党主席连战访问南京。怎么款待这位国民党主席？南京人动了一番心思，最后拿出招牌菜盐水鸭。因为连战的夫人是南京人。用南京招牌菜招待南京女婿，那是再恰当不过了。他品尝到的不仅是盐水鸭的美味，也品尝到了一种浓郁的乡情。

南京鸭的制作方法多种多样，各具特色，盐水鸭、金陵烤鸭、板鸭、烧鸭、金陵酱鸭、香酥鸭、八宝珍珠鸭、咸鸭肫等。最有名的要算盐水鸭，至今已有一千多年历史。制作过程有个口诀"熟盐搓、老卤复、吹得干、焐得透"。

《白门食谱》记载:"金陵八月时期,盐水鸭最著名,人人以为肉内有桂花香也。"南京的盐水鸭一年四季都可以制作,最美味的是中秋前后,这时正是桂花盛开季节。"桂子月中落,天香云外飘",把送爽的秋风,飘香的丹桂,秋天的诗意,腌进鸭里,这鸭味道特别好,所以这个季节的盐水鸭有一个充满了诗情画意的名字,叫"桂花鸭"。桂花鸭,桂花鸭,光是听名字就叫人胃口大开,更是诗意盈怀。

我到南京恰好就是中秋节前几天,正是"桂花鸭"最美味的时节。桂花鸭有"清而旨,久食不厌"之美誉。的确,它看起来皮白肉红,吃起来肥而不腻,口味鲜嫩、香纯、骨头香。味道好极了。我第一次吃"桂花鸭",尝了一口,立刻喜欢,于是筷不停,口不歇,不到几分钟,"消灭"半只。我离开南京即将回家那天,别的什么都不点,唯独点了盐水鸭。

二

在南京,我有两晚都是住在玄武区。不为别的,只为所住的酒店在美食街里。到达南京的第一晚,远远望见"红山美食街"的招牌,阵阵扑鼻的香味发出诱人的邀请,我当即决定住在这里。梳洗完毕,已是凌晨,当晚我没有出去。第二晚，去游玩回来，我赶快放下东西，来到这个叫做"江山美食街"的地方。

美食街是由几条自然街巷组成，每条街巷都张灯结彩，一串串具有中国特色的红灯笼，张扬着美食街的喜气。晚上还不到七点，条条街巷人头攒动，食客满座，锅盘声、高谈声交织成一片。

在美食街，我走街穿巷，看看这些美食，闻闻那些小吃，问问有哪些特色菜。我不急于找地方坐下吃晚餐。欣赏美食也是一种享受。这里不仅有南京本地的特色小吃，还荟萃了全国各地美食。重庆鱼火锅、北京烤鸭、高淳土菜，石家庄盘菜；徽菜、湘菜、粤菜、川菜；甜的、咸的、辣的、酸的、苦的，五味俱全。

来到一家海鲜烧烤店，我的脚步再也挪不动。我最喜欢吃烧烤，明知道烧烤热气，还是无法挡住香味的诱惑。一个美女拿来菜谱叫我点。菜谱上列有"特色类""荤菜类""素菜类""冷菜类"等类，最后一类是"广东生滚粥、爆炒海鲜"，"广东"二字让我感觉亲切，似是久居他乡遇故知。每类下面有品名、单价，你要什么就在品名后面打勾。价格都不贵，一元一只（串），几元一个（条）

的占多数。这些待烧烤的食材都摆在桌上，可见可闻，看起来色泽不错，闻起来味道新鲜，真是物美价廉了。

我一口气点了好多样，什么牛肉串、羊肉串、烤黄鱼、羊腰片、羊宝、鸭舌、麻雀，还有我比较喜欢吃的烤韭菜。店铺不大，可生意火爆，不但有像我这样专门来吃烧烤的人，还有在其他店铺吃饭的人，也来点烧烤下酒。服务员忙得团团转，我点的美味烤串久不见踪影，一催再催，一等再等，千呼万唤始出来。我还要了一瓶啤酒，就着烧烤，一个人自斟自饮，别有风味。多年以前，我就有过这样的梦想，来到一个陌生的地方，拿着我喜欢吃的烧烤，旁若无人地吃，那是多么快意的事。这晚我在南京实现了这个夙愿。

美食街飘来的不只是美食的香味，还有歌声。唱歌的是一些年轻男孩、女孩，他们背着吉他、手拖着小音箱，神态自若地走街穿巷。他们青春的身影，成了美食街一道独特的风景。有雅兴的客人，就请他们停下来，点一支歌，听听歌曲助兴。

一个女孩经过我身边，我叫住她。看她样子斯斯文文，秀秀气气，我问她是不是大学生，她说是。白天在学校上课，晚上来这里唱歌，赚点生活费。客人点一支歌二十元。

生意好时一晚有几百元收入，差时也就几十元。我点了一支歌，不是因为我对歌有多喜欢，而是对这个自食其力的女孩子一点鼓励。

我请她吃烧烤，喝酒，她很有礼貌地说声"谢谢"。

我想给她拍照片，她笑而不语。我就拍他们的背影。这晚我拍了好几个歌手的背影，他们渐行渐远的影子都是那么模糊。但愿他们的明天是美好而清晰。

他们让我想起白天游玩的秦淮河，想起在历史画卷吟唱的秦淮歌女。

我知道从这晚起，南京让我回味的，不只是味蕾间，还有青春的歌声。

莫愁湖：一湖英雄儿女事

一

经历了千年烟雨的南京莫愁湖，其美誉亦多如烟雨。比如"南京第一湖"，比如"金陵四十景之冠"、"金陵第一名胜"等等。自古以来，莫愁湖令不少墨客骚人、凡夫俗子心生向往，以一睹芳容为快。千年来，留下的诗文佳构、书画名篇亦多如烟雨，大大地丰厚了莫愁湖的人文底蕴。

丹桂飘香的九月，我慕名来到莫愁湖公园。"莫愁在何处？莫愁石城西"，莫愁湖位于南京水西门外。莫愁湖在南唐时叫横塘，也叫石城湖。

从旅游车上下来，一座高大的牌楼式建筑矗立眼前，这就是莫愁湖公园大门。黛色小瓦大屋顶，青灰色石鼓门柱，飞檐走角，斗拱细密，精雕细刻，古朴典雅。1964 年，一代文豪郭沫若来到莫愁湖，作诗留墨。门额上"莫愁湖公园"

五个大字，就是他的手迹。门额的背面写着"到此莫愁"。

　　走进大门，左边满眼满池都是莲荷。"江南莲花开，红花覆碧水"，碧柳蘸风点绿荷。碧绿的荷叶擎着如蒲扇的叶子，朵朵荷花或绽开笑脸，或含苞待放如羞涩女子，大红的，粉红的，洁白的，五彩纷呈，每一朵都美得叫人窒息。在我印象中，莲花是属于炎热的六月，最著名的要数杨万里："毕竟西湖六月中，风光不与四时同。接天莲叶无穷碧，映日荷花别样红。"可是在九月微凉的莫愁湖，荷花之艳、之盛犹如盛夏，让我惊喜不已。我被这一田田，一池池的荷花深深吸引住，放下莫愁湖的千年烟雨，将热切的目光投给这些美丽的花中君子，把镜头对准了"凌波仙子"。

莫愁湖边，垂柳依依，吻湖衔波，随风飘荡；湖面上，波光潋滟，画舫幢幢，船来楫往，好不热闹。

远望湖心亭，走在长廊、曲榭，那些逝去的历史，顿时鲜活起来。不管是繁华，还是繁华过尽的寂寞，莫愁湖这座悠久历史、人文资源丰富的江南古典名园，最精彩、最叫人念念不忘的，是一个开国大英雄和一个平凡小女子的故事。有诗是这样写的：

> "石城西畔楚江东，六代繁华过眼中。
> 剩得英雄儿女事，湖光山色两空漾。
> 星移物换胜棋楼，无复当时旧冕旒。
> 大抵名王输一着，闲情都付古今愁。
> 莫愁人去有余芳，白水青莲引兴长。
> 色即是空空即色，华严常住郁金堂。
> 玳梁重整燕巢新，回首烟波感昔人。
> 此日春风留面目，千秋艳质免沉沦。"

诗中提到胜棋楼、华严庵、郁金堂等景点，写到徐达、朱元璋、莫愁等人物。

胜棋楼坐北向南，是二层明清风格的楼房，建于明朝洪武年间，后因遭破坏，清代复建。"胜棋楼"匾额是清代状元梅启照手迹。在这座青砖小瓦的楼上，摆放着古红木家具。墙壁上挂着明太祖朱元璋和明朝第一开国功臣徐达的画像。正门与中堂间有朱元璋和徐达对弈的模拟对弈局，以及范曾于1980年绘的《对弈图》，范曾留诗一首："为君不易为臣难，胜算谁操损肺肝。万岁图成谐圣意，徐公手段潜辛酸。"模拟对弈局人物形象栩栩如生，再现了当年君臣对弈场面，看似风平浪静，实际波涛汹涌。

在胜棋楼东侧一块石碑上，介绍了当年朱元璋和徐达对弈的故事和胜棋楼的来历。

徐达，明朝文武全才的大将军，开国军事统帅，战功卓著，官拜为魏国公。死后，被明太祖朱元璋追封为"中山王"。

朱元璋喜欢对弈。有一天，朱元璋要和徐达下棋，地点就在莫愁湖旁的华严庵。徐达不但善于打仗，而且棋艺高超。但跟朱元璋对弈非同小可。徐达诚惶诚恐，左右为难：赢了，必扫太祖面子，龙颜大怒，恐怕招来杀身之祸；故意输了，太祖看出破绽，也必定不高兴。这盘棋下得十分艰难，拼的不仅是棋艺，更是智慧。从早上一直下到太阳西斜还没分出胜负。最后，朱元璋连吃徐达二子，终于胜了。他很是得意。徐达先是赞朱元璋聪明过人，赢棋是情理中之事。然后话锋一转，说自己虽然输棋，但也有可取之处。朱元璋沿着徐达所指，看到棋子巧妙地摆成了"万岁"两个字。他心中一惊，暗暗敬佩徐达的机警过人。朱元璋是何等的聪明，他顺势下坡，说自己虽然棋面上赢了，但徐公棋艺也相当了得，而且忠心可鉴，应当赏赐。于是把整个莫愁湖连同华严庵一起赏赐给徐达。

人们常说，伴君如伴虎，稍有不慎，脑袋就搬家，甚至诛连九族。徐达以高超的棋艺和过人的智慧，不但摆脱了困境，而且获得了赏赐。正如胜棋楼下的楹联所言："粉黛江山留得半湖烟雨，王侯事业都如一局棋枰。"这一副楹联既是记录朱徐二人当年的对弈，也是对人生如棋的感叹。

二

从胜棋楼出来，我走进郁金堂。郁金堂在胜棋楼西侧。"郁金堂"三字是刘海粟所题。清乾隆五十八年（1793年）复建。二跨六间，黑瓦覆顶，砖木结构，后跨是券棚式。

相传，这是南齐时卢家女莫愁古居。

在郁金堂，有一副绝妙的长联："湖属卢家为江头明月曾领略画艇风光韵事相传付与骚人作诗料；地归徐氏以国手胜棋博优游名园汤沐英雄安在遥闻商女唱歌声"，把流传于莫愁湖的小女子莫愁和大英雄徐达故事巧妙地联结起来。如果说胜棋楼传是英雄传奇，那么郁金堂就是一个女儿情长的传说。

在郁金堂的一块石碑上，刻有梁武帝萧衍作的《河中之水歌》，记述了莫愁女的一生：

> 河中之水向东流，洛阳女儿名莫愁。
> 莫愁十三能织绮，十四采桑南陌头。
> 十五嫁为卢家妇，十六生儿字阿侯。
> 卢家兰室桂为梁，中有郁金苏合香。
> 头上金钗十二行，足下丝履五文章。
> 珊瑚挂镜烂生光，平头奴子擎履箱。
> 人生富贵何所望，恨不早嫁东家王。

莫愁生于黄河之滨的洛阳。她从小聪明能干，织绮、采桑，样样了得。母亲早亡，莫愁与父亲相依为命。父亲死后，贫穷的莫愁只好卖身葬父。在洛阳做生意的卢员外见莫愁可怜，且生得眉清目秀，出资为她打理父亲的后事，然后把她带回都城建康（今南京）。莫愁当上卢员外的儿媳后，夫唱妻和，小两口恩恩爱爱。次年，便有了爱情结晶

——儿子阿侯。卢家是大户人家，锦衣玉食，金玉满堂。莫愁住的地方就叫郁金堂。这时的莫愁生活在蜜罐中。可惜好景不长，莫愁的夫君被垂涎于莫愁的梁武帝害死。莫愁不愿接旨进宫为妃，誓愿追随夫君赴黄泉。她纵身跳进石城湖。人们感于莫愁的善良与忠贞，把石城湖改名莫愁湖，让世世代代记住这个叫莫愁的女子。梁武帝获讯后，羞愧难当，悔恨交加，于是作了这首《河中之水歌》。

在郁金堂的院墙上，有一莫愁女石刻像。墙上有郭沫若游览莫愁湖时的题诗："古有女儿莫愁，莫愁哪能不愁。如今天下解放，谁向苦难低头。"这首诗写于三年困难时期刚过的 1964 年，诗人借莫愁女的故事，写出中国人不向困难低头的气概，振奋人心。

我站在莫愁女的雕像前，想象她游览石城湖的欢颜，想象她纵身湖水的决绝。历史上是不是真有莫愁女这个人呢？有谁见过？莫愁女的故事也许只是个传说，只有天上的明月曾见过她，只有湖上烟雨曾笼罩过她。

她是文人骚客借以寄托某种情感的化身，代代诗人竞相咏诵。但是生活中类似莫愁女的忧愁、苦难、厄运却是无处不在。这就需要我们坚强地面对生活，扼住命运的喉咙，不屈不挠地与困难搏击。

我穿过赏荷轩，再次走到莫愁湖边。

"莫愁湖边走。春光满枝头。花儿含羞笑，碧水也温柔，莫愁已去过千年，江山秀美人风流，啊莫愁啊莫愁，劝君莫忧愁。"

画船中传出朱明瑛唱的《莫愁啊，莫愁》，切景切情。这首歌曾经风靡一时，神州大地大街小巷都传唱"莫愁啊莫愁，劝君莫忧愁。"人们给莫愁湖一种乐观的注解，一种向上的脉搏。这么多年过去，在莫愁湖畔听这首熟悉的老歌，我更理解人生莫忧愁的真谛。

拜谒南京中山陵

九月丹桂飘香，我来到位于南京紫金山的中山陵。这是伟大的民主革命先行者、国父孙中山先生长眠之地。

一路拜谒，一路缅怀这位革命先行者的丰功伟绩。

孙中山 1866 年 11 月 12 日出生于广东香山，1925 年 3 月 12 日逝世于北京。孙中山临终前提出："吾死之后，可葬于南京紫金山麓，因南京为临时政府成立之地，所以不可忘辛亥革命也。"孙中山选择南京作为百年之地，是因为南京是他生命记忆的凝结、人生意义的象征和未竟期望的寄托。正如他所说，为不忘辛亥革命，以激励革命同仁。

中山陵坐北朝南，依山而建，气势磅礴，雄伟壮观。主要建筑由牌坊、墓道、陵门、碑亭、祭台和墓室等组成。整个陵区平面像一座警钟，由吕彦直设计并主持陵园建造。用"警钟"作为陵园的设计，有"使天下皆达道"之喻义。寓意深刻，发人深思，使人想起警醒，警钟长鸣。孙中山先生的一生是革命的一生，致力于国民革命四十年，可是革命还没有成功，后人还须努力。他在临终遗嘱中说，革命要取得胜利，必须唤起民众。中山陵的警钟形设计，符合孙中山的革命思想，贴切地表达出他"唤起民众"的殷切期望。

走过陵园路，便到中山陵前的半月形广场。广场上游人如织，我从人流中挤到广场正南的一座八角形石台前。石台上有一尊紫铜宝鼎，双耳，三足。鼎一面铸有"智、仁、勇"三个字。"智、仁、勇"正是中山大学校训。这个紫铜宝鼎是由广州中山大学全体师生和戴季陶捐赠。1924 年，孙中山先生在广州创办了广东大学。孙中山逝世后，为纪念他于 1926 年改名为中山大学。

沿广场拾级而上，一座四楹三阙门的冲天式石牌坊耸立于眼前。坊额正中有"博爱"两字，因而被称为"博爱坊"。"博爱"两个字为孙先生的手迹。

"博爱"是孙中山政治学说中的一个核心思想，是对"博爱之为仁"的中国传统思想的继承。孙中山把中国的"仁"跟西方的"自由、平等、博爱"的思想融会贯通，中西合璧。把"博爱"当作"吾人无穷之希望，最伟大之思想"。他竭力竭诚宣扬他的"博爱"思想。他的博爱思

想成为革命行动的指向，也成为人类之福音。孙中山曾多次题词"博爱"，赠送国内、国际友人。

孙中山的"博爱"思想是有生命力的，没有被时代淘汰。现在，他所倡导的"博爱"，以及"天下为公"的精神，是现代华人社会愿意共同遵守的道德规范、思想准则。

走出博爱坊，向前走，是长长的墓道。墓道两旁，种着雪松、桧柏、银杏、红枫，它们两两相对。苍萃道劲，郁郁葱葱，遮天蔽日，为前来瞻仰孙中山的游客撑起一片荫凉。

　　中山陵建于 1926 年，竣工于 1929 年，这些雪松、桧柏是当时建中山陵时所植。当年的小树已长成参天大树，像卫士一样守在墓道旁八十多年。八十多年，它们陪伴孙中山近一个世纪的时光，见证了中山陵的风风雨雨。古人建陵园，惯用石人石兽守在墓道两旁，以显示帝王威严。而中山陵用雪松、桧柏这些长青常绿的树木，恰好与孙中山"博爱"、"天下为公"的革命精神和高尚品质相符。

　　平台在墓道的尽头。平台广场是中山陵警钟形设计的下缘。上有用福建花岗岩筑成的三拱门，宏伟、庄严肃穆。

中门横额刻有"天下为公"四字，是孙中山的手迹。

"天下为公"出自《礼记·礼运》中的"大道之行也，天下为公"，原意是天下是公众的，天子之位，传贤而不传子。这与古代帝王的"天下为私"相对立。"天下为公"，是孙中山所倡导的三民主义的最高社会理想，是他革命理想和奋斗目标。孙中山把"天下为公"和"世界大同"、"博爱"，视为理想的最高境界和追求的最远目标。

祭堂处在钟山半山腰。古人说"高山仰止，景行行止"，此时，我带着景仰之情，在炎炎烈日下，一步一个台阶，前往祭堂，只为瞻仰一代伟人。半个多小时后，终于到达祭堂。从博爱牌坊开始上达祭堂，共有石阶392级，8个平台。站在半山腰回首，眺望，只见远处茫茫，钟山巍峨，松林如盖，视野开阔，荡胸生层云，更感伟人浩气与

天地同在，功绩与日月同辉。

祭堂是中山陵主体建筑，建筑风格为中西合璧。前有两座高高的华表拱卫，南面三座拱门为镂花紫铜双扉，门额从东到西分别刻有：民族、民权、民生。这六个金色篆体大字，是国民党元老张静江的手书。"民生"门楣上端，有"天地正气"直额，为孙中山先生手书。

民族、民权、民生、天地正气，这几个大字均为金色大字。在阳光照耀下，金光闪闪，就如孙中山的三民主义思想以及天地正气，虽经风历雨，依然光芒四射。

就要进入祭堂，我顿觉心情凝重。刚才还喧哗的人群此时鸦雀无声，神情肃穆。祭堂的天花板用彩色马赛克镶嵌成国民党党徽。祭堂正中供奉孙中山全身石雕像，是法籍波兰雕刻家保罗·郎特斯基的杰作。石雕中的孙中山着长袍马褂，坐在椅子上，双腿并拢，膝上摊着一本展开的文卷。他凝视前方，目光深沉，似是在思考什么，又似是期望什么。

墓室就在祭堂后面，是一座半球形封闭式建筑，里面就是孙中山先生遗体安放之处。墓穴深五米，外用钢筋混凝土密封。

在祭堂，我献上一束菊花，缅怀这位为民族独立、社会进步、人民幸福奋斗终身的先行者，表达我对这位革命先行者深深的敬仰之情。

一群来自台湾的游客，手持菊花，毕恭毕敬地献在孙中山塑像前，双手合十，鞠躬。

当年蒋介石曾想将孙中山的遗体迁往台湾，可因种种原因没能如愿。蒋介石及孙中山的追随者，只能隔着海峡，遥拜国父孙中山，发出如山般沉重的叹息。如今，海峡两岸打破坚冰，台湾民众可以前来南京中山陵凭吊拜谒孙中山先生。

　　祖国统一，是海峡两岸及海外炎黄子孙的愿意。祖国统一之日，必是孙中山先生含笑九泉之时。

　　从祭堂出来已是夕辉满天，苍山无语，劲松肃穆。

"繁华如梦"之上海篇

朱家角的柔软时光

一

又是烟雨时节，又见江南。

去年烟雨朦胧的时节，我流连在杭州"山色空蒙雨亦奇"的美景中。没想到，仅隔一年，在同样是飘着烟雨的时节重游江南。

上海市青浦区朱家角镇，是我们"江南之旅"的第一站。那是离上海市区近 50 公里的地方。那天，天刚蒙蒙亮，我们便到达上海火车站。站内已是人如潮水，我们差点被这潮水淹没了。差点淹没我们的，还有那三月的烟雨。坐上前往朱家角的车，一路上，三月的烟雨，从繁华的上海市区伴随我们到秀美的江南水乡，不离不弃，如同情深意切的恋人。

这次来上海是参加一个全国性的高级研讨会，和我一起来的还有八位同事。我们和来自全国各地的同行欢聚一堂，交流、学习，大家的心情亦如眼下的季节：春风荡漾，春风拂面。

我们被安排住在朱家角镇的"景苑水庄"。水庄旁边立着宽大、醒目的宣传牌子，上有江泽民同志所书的"江南古镇朱家角"。水庄对面就是古镇朱家角景区，隔着一条大路，只有几十米的距离。住在水庄，推开窗子便可见古镇的秀色，闻到它散发出的古香。

"欢迎各位同行来我们上海市青浦区光临指导。烟花三月是我们江南最美的季节……对面就是古镇风景区，这几天各位可以尽情欣赏我们烟雨江南的美景，同时注意保暖。江南的春寒是慢慢进入身子，缓缓地冷冻，不像北方的冷那样直接，那样猛烈。"东道主周院长的开场白抒情又暖心。这个儒雅的上海男人，说话慢条斯理，又充满诗情画意。有人说，上海人傲气。也许这是一种来自文化底蕴、天生的优越感。江南具有丰富的历史文化底蕴，浓郁的人文气息，秀美的自然景观，自古以来，人杰地灵，人才辈出，江南成了中国一面人文旗帜。这一切浓缩成浩荡的"底气"。这，或许就是上海人"傲气"的"底气"。

但是在周院长身上，我看不到飞扬跋扈的傲气，他总是一脸的平和、亲善。越是有修养，有底气的人，他越是表现出海纳百川、天高云淡的平和，就像这三月的烟雨，细细软软。只有无知的人才会目空一切，不可一世。

在朱家角的日子，我们一有空便穿上风衣，带上雨伞，走到对面的古镇，游玩、赏景、发呆，享受着江南烟雨时节的柔软时光。

二

江南水乡流域发达，如蛛网般，河泽处处可见。民居依河而建，面水而居。被称为"上海威尼斯"的千年古镇朱家角也是如此。

朱家角又名珠街阁，雅称珠溪。在宋、元时已形成集市，因水运发达，交通方便，到明朝已发展成为繁荣大镇。"今珠里为青溪一隅，烟火千家，北接昆山，南连谷水，其街衢绵亘，商贩交通，水木清华，文儒辈出……过是里者，群羡让耕、让畔之风犹古，而比户弦歌不辍也。虽高阳里、冠盖里媲美可也。"这是宋如林在清嘉庆《珠里小志》序中对朱家角的描述。从这段生动的描述，我们可以了解到朱家角的地理位置、历史等方面情况。

一进古镇，一条不宽的河便潺潺在我们的眼前。河水波澜不惊，河中木质的船只古朴而清雅。船篷挂着两排红灯笼，喜庆而热烈。不宽的河中，船只来来往往，络绎不绝，多是游客。

两岸的明清建筑古色古香，依水傍河，颇有江南水乡特色。楼房只有两层高，一色的白墙，黛瓦，古朴、厚重。一座连着一座，挤挤挨挨。楼房与房之间几乎没有留下什

么空间。家家户户"楼上住家，楼下开店"，楼下全是鳞次栉比的商铺，商家热情地招呼客人。

河两岸杨柳依依。烟花三月，杨柳的枯枝早已抽出细细的嫩芽，丝丝条条，像是一条条绿色的辫子。绿色的柳枝垂到河面，轻拂缓缓的河水。以白墙、黛瓦为背景，绿柳更是张扬春天的勃勃生机，让古镇春意盎然。

两岸的街道全铺着青石板，像一首平平仄仄的古诗。脚踩在青石板上，恍如时空倒转，回到遥远的旧时光。这青石板走过多少像唐伯虎式的江南风流才子？这转转折折的巷子里，飘过多少结着愁怨的丁香姑娘？那烟雨中的太息，曾在谁的心底荡起涟漪？

走着，赏着，想着，迷失在江南古镇的婉约柔软时光中。如果不是穿着蓝布衣的小妹问我们吃饭不，我们几乎忘记了早已过了吃饭的时间。

在一个清雅、古朴的小饭馆坐下，点几样江南小菜，要两瓶朱家

角米酒，我们一行人慢悠悠地品尝着。品尝着江南美酒，品尝如梦似幻的江南烟雨，品尝从古诗词中走出来的江南柔软时光。

吃罢饭，酒家送我们一个项目，就是免费坐船游古镇。这让我们惊喜不已。我们一行九人，坐的是一条不宽的木船，没有船篷，四周景色一览无余。八人分坐船两边，其中一个男同胞只能坐船头以保持船的平衡。给我们撑船的是一个黑脸膛的安徽小伙子，他一见这情形，乐了，竹篙一撑张嘴便唱："哥哥你坐船头，妹妹我……""妹妹我坐船中……"船中的女同胞马上接过他的歌唱起来。男同胞也不甘示弱，兴致勃勃亮起嗓子。烟雨朦胧中，全船男女即兴男女对唱。一时间，一船烟雨，一船歌声，一船笑语。

三

朱家角的桥真不少。据说有三十六座古桥。"到了古镇不看桥，等于古镇勿曾到"。这些造型各异、独出心裁的桥，

像一道道彩虹飞架在朱家角各处。在河港交错的朱家角，这些桥不但给行人提供了方便，也成了一道道靓丽的风景。

走在朱家角一座又一座的古桥，如同观赏一幅幅古画，仿佛听着小家碧玉的浓言细语，我诗意盈怀，灵感大发，对身边的同事说，我要写写朱家角的桥！同事峭哥大声叫好，还帮我拍了不少朱家角桥的照片。在朱家角那几天，空暇时间，我独自一个人拿着地图，对照着桥名，一座桥一座桥地找，放生桥、泰安桥、平安桥、福星桥、中和桥、井亭港三桥、咏风桥、廊桥……伴随我的是江南的烟雨，烟雨始终是桥上最诗意的风景。

廊桥，我喜欢这富有诗意的名字。这名字让我不由想

起风靡世界的美国小说《廊桥遗梦》。小说写一个浪漫而凄美的邂逅故事，并非常谨慎地"给相逢以情爱，给情爱以欲望，给欲望以高潮，给高潮以诗意，给离别以惆怅，给远方以思念，给丈夫以温情，给孩子以母爱，给死亡以诚挚的追悼，给往事以隆重的回忆，给先人的爱以衷心的理解"。因此，它博得不同阶层，不同肤色的人的喜爱。故事发生地就在美国的廊桥。小说拍成电影后，闻名遐迩的廊桥成了许多中年人寻梦之所。走在江南的烟雨廊桥，心想着，不知廊桥曾有多少多情的回眸？有多少擦肩而过的遗憾？有多少执手相看泪眼的断肠？

在朱家角的日子，天天看着小桥、流水、人家，这江南水乡特有的画面，滋生了多少柔软的情杯。这里再现了马致远笔下的意境，只是没有西风、瘦马，有的是江南春天的明媚；也没有断肠人，有的只是神情自若的游人，还有像我这样享受朱家角柔软时光的过客。

我在放生桥上等你

我站在三月的上海朱家角，抚摸着经历了五百年洗礼的放生桥。

放生，放生，默默吟念，风清月明。佛祖的慈悲如同一柱清香萦绕心间，袅袅不绝。

放生桥，放生桥，轻轻吟念，禅味盈胸。不知最初是谁给你起的名字，只知道你是慈门寺架在尘世的慈悲，只知道你是慈门寺僧性潮普渡众生的善行。

你携着淀山湖的明月清风，立在明朝的江南古镇朱家角，一恍已是几百年。

如同一道长虹卧在漕港河上，俯下身子，日日夜夜倾听逝者如斯的叹息。五个石拱，就是五个伸开的手指，捧起朱家角几百年的朝霞与落辉。

把你想象成一个挑夫，一肩挑起两岸的粉墙黛瓦，雕梁画栋，把都市水乡挑成一幅极美的水墨画；一肩挑起北大街，井亭港，角角巷巷的繁华与落寞。

岁月如风，香车宝马，星如雨。才子佳人，挑夫渔翁，商贾高官，形形色色的人打你身上走过，你青石板的身躯留下多少传说？

桥的这头，放着一桶桶的金鱼，五彩缤纷，鲜活灵动。几个妇女把装在塑料袋里的金鱼，跟着红尘男女追问："要买鱼放生吗？"

桥的那头，一个男子，长发飘逸，神态安然，微笑端坐。如果不是他身边的几盆乌龟，你会以为他是个艺术家，而不是商人。他不吆喝。给生灵放生，需要高声叫嚷么？

斜辉脉脉，归帆点点。烟雨蒙蒙，寒山茫茫。桥上一女子，蓝底白花衣，站在青石板上张望，张望成一幅哀怨的古画，张望成展览千年的望夫石。

是张望前生的约定，等待他千年的归帆？是不舍化为青烟的往事，张望奇迹？如此苦苦张望，不知他缓缓的归期，是否依然挂着你的蓝花衣？亦不知他的帆船是否已挂满了别人的黄手绢？

"姑娘，买鱼放生吧！"她的目光掠过驼背阿婆手中那袋鱼。叹息。转身。

放生桥，放生桥，给生灵放生。

放生桥，放生桥，给爱放生。放爱一条生路。

我在放生桥上等你。

古镇飘香

一

在上海，我们逛了很多地方，黄浦江畔的上海滩、繁华的南京路、现代版的"清明上河图"上海老街、上海老城隍庙的小吃广场等。

待在江南水乡朱家角的时间最多。我们是春天走进上海青浦区朱家角古镇的。住在朱家角那几天，我一有空就走进古镇，逛逛北大街，尝尝美食。

朱家角古镇，给我的第一感觉就是：古色古香。

民居沿河而建，白墙黛瓦，灯笼高挂，小桥流水，桃柳垂岸，桨橹欸乃。那些青石地板、雕梁画栋、勾廓翘角，吱呀门扉，写满历史的痕迹，散发出古朴的味道。

三国时期朱家角已形成村落，是有名的江南水乡，鱼米之乡。那时船来人往，商业日盛，村落日渐热闹。到了宋、元时期，村落成了集市，叫朱家村。明朝时建镇，有一个很美的名字，叫珠街阁。濒临淀山湖的朱家角，在明、清时期，先后以布业、米业著称。一业旺，百业兴。一时间，朱家角店铺林立，船来楫往，形成"长街三里，店铺千家"的壮观景象。繁华的朱家角被誉为"上海威尼斯"、"沪郊好莱坞"，列为上海四大历史文化名镇之一。

朱家角最古色古香的要算是北大街了。全长三百多米，东接放生桥，西到美周弄。整条街，家家户户，楼上住人，楼下店铺。

走在号称"沪上第一明清街"的北大街，延续几百年的"长街三里，店铺千家"的富庶仍然可见，那"一线天"独特构筑，叫人不禁敬佩能工巧匠的智慧。到朱家角不逛逛北大街，等于没来朱家角。

二

朱家角古镇，给我的第二个感觉就是：美食飘香。香气袅袅，丝丝缕缕，令人回味无穷。

千年古镇，佳肴美食千滋百味，滋养了丰富的"食文化"。北大街简直是美食的天堂。扎肉、扎蹄、排骨王、菱角、糖藕、糯米棕、阿婆棕、青香糯米棕、状元糕、海棠糕、芡实糕、花粉糕、桔红糕、熏青豆、豆腐干片、香糯糖藕、苋菜等等。这些充满江南风情的美食，菱菱棕棕，藕藕豆豆，肉香糕美，琳琅满目，热气腾腾，芳香扑鼻。有些现做现卖，原汁原味，令人垂涎三尺，胃口大开。

最多的就是扎蹄、扎肉，是古镇的特色美食。几乎每个店铺都滚着一锅老汤，摆着酱红色的扎蹄、扎肉，肉香逼人。

我走进一家叫"沈万三走油蹄"的店铺。这里主卖扎蹄。别的店铺也卖扎蹄，但没有打出沈万三的招牌。我好奇地问为什么叫沈万三走油蹄？一个二十岁左右的美女说，我们卖的走油蹄是用沈万三祖传的秘方制作。

沈万三是元末明初的江南巨富，据说，他喜欢吃走油蹄，"家有筵席，必有酥蹄"。有一次，朱元璋去沈万三家里吃饭，其中有一道菜就是沈万三用最喜欢吃的猪蹄膀做的。朱元璋一看就不高兴，故意问，这是什么菜？朱元璋姓朱，跟猪蹄膀的"猪"同音。沈万三敢用猪蹄膀招待朱

元璋，这不是冒犯龙威吗？沈万三马上醒悟过来，赶快说，这是万三蹄！朱元璋点点头，又故意说，万三蹄这么大，筷子这么小，怎么夹啊？在皇帝面前怎么敢用刀去切猪蹄膀呢，这不是找死吗？这也难不到聪明的沈万三，只见他从蹄膀里抽出一根骨头，再用这根骨头把蹄膀切成了一块块，放到朱元璋面前。朱元璋吃着蹄膀，大赞万三蹄好吃。朱元璋这一赞等于给万三蹄做了活广告。从此，万三蹄美名在民间传开。猪蹄膀成为江南一道不可或缺的美食。

这个故事真真假假难以考证，但江南有扎蹄却是真真实实的，起码我这个外乡人就看到北大街到处有扎蹄。沈万三后人居住的周庄，也是处处可见万三蹄。

我也喜欢吃猪蹄膀。猪蹄中含有丰富的大分子胶原蛋白质，可以使皮肤饱满、光滑，防止生皱纹，是一种廉价的美容护肤食物。广东人对猪蹄膀的做法跟江南人不同。

我们用猪蹄膀炖汤，用高压锅炖得熟烂，从锅里捞出来的猪蹄膀显白色，无味。之后，再按照个人的喜好，喜欢什么味，就蘸什么酱。不像朱家角的扎蹄，酱红色，有味。我一般是用蒜子拍扁，倒上酱油、花生油调味。

看到家家户户摆着一盆盆的扎蹄，我很想尝尝，可又怕不卫生，拼命忍住想买的欲望。我继续逛街，继续看大店小铺里的美食，见到扎蹄，忍不住多看几眼。

一个男孩买了一块扎蹄，放进他身边的女孩嘴里，女孩轻启朱唇，咬一口，嚼一嚼，连连说好吃，叫男孩也尝尝。男孩吃了，也赞好吃，又买了一个扎蹄。

我再也忍不住，花 23 元买了一块扎蹄。解开粽叶，清香扑鼻。放进嘴里嚼一口，皮润肉酥，肥而不腻，咸甜适中，味道好极了。这跟我平时吃的猪蹄髈味道很不一样。

不少游人拿着扎蹄，边走边吃，很是惬意。

一家卖扎肉的店铺围着很多游人。原来他们推出扎肉特价：二元一块，20 元 12 块，以此吸引顾客。我没有赶这个热闹，走到一家人不多的店铺，跟一个阿婆聊起天。我问她这扎肉、扎蹄是怎么制作的？阿婆很热情，说她还是扎着小辫子的小女孩的时候，就开始跟爹妈学做扎肉、扎蹄，至今已做了五十年了。她的爹做得一手好扎肉、扎蹄，很多人爱吃呢。也是靠着一个好手艺，养活一家人呢。

三

制作扎肉，首先要选上等带皮的五花肉。洗净后，放下锅里煮到断生，捞起来稍凉。接着把五花肉用刀切成六七厘米长、二三厘米宽厚的肉块。把当地产的青稻谷去掉稻壳，放入锅底作垫。用青棕叶从中间包裹切好的肉块，两端的肉露出来，再用青稻草扎紧，放入熬有陈年老汤的铁锅中，加酱油、糖、绍酒等配料，焖煮半小时后，加入少量味精。不久，新鲜热气的扎肉就可以出锅台了。

扎蹄的原材料是猪蹄，做法跟跟扎肉大同小异，也是用棕叶捆扎后焖煮。出锅的扎蹄颜色跟扎肉差不多，色彩青绿，皮肉红润，青红相宜，很有卖相。

北大街有一家"藏书老苏州羊肉店"，主要经营羊肉面、羊什面。打着百年祖传、姑苏羊肉，本镇独家的广告，在朱家角开了数十年，老远就能闻到羊肉飘出的香味。

在朱家角，我第一次见到"熏拉丝"，色泽金黄，肉嫩细腻。"熏拉丝"是上海郊区的土话，是指用动物的尸体腌渍熏干后的熟食。"熏拉丝"，这名字听起来很美，但是如果你知道它是用什么熏的，也许不会有这种感觉了。其原材料就是我们熟悉的蟾蜍，也就是俗称的癞蛤蟆。一想到癞蛤蟆那丑陋的模样，有几个人还有食欲呢？可是聪明的朱家角人，把背上长脓包、肚里长肉虫的癞蛤蟆制成一道风味独特的美食。"熏拉丝"的制作很简单，先是砍头去皮，再用酱料腌渍，最后用烟熏火烤。吃过"熏拉丝"的人，说它味道鲜美，风味独特，好吃得很呢。但我始终没勇气去试"熏拉丝"，我实在忘不了癞蛤蟆脓包大肚、扁头呱呱叫的恶心样子。

原来，尝试一种食物，也是需要勇气。

走累了，看累了，到"江南第一茶楼"喝一杯茶，或是找一间依河而建的食店，把刚从淀山湖打渔归来、停在岸边卖鱼的渔民手中买的河鱼、河虾给他们加工。望着窗外绵绵的江南烟雨，看满载而归的渔船，吃着新鲜的淀山湖河鲜，真是一种别样的享受。

上海，张爱玲的倾城岁月

一

有文化底蕴的城市才是有味道的城市，上海是一座文化底蕴丰富的大都市。

上海有着数不清的故事，数不清的传奇人物，总有一人让你寻寻觅觅，想着在故事发生的地点，找一点当年的痕迹。

张爱玲，这个生长在上海的民国大才女，她的故事写满了旧上海的繁华，旧上海的苍凉。她笔下的上海，是旧上海的一个缩影。

张爱玲在上海生活了二十五年，那些古建筑、旧街巷，曾经有过张爱玲的身影，留下她苍凉的气息。不管韶华如何消失，不管岁月如何如梭，张爱玲以及她所塑造的典型人物，她的文学世界，不会轻易从"张迷"们眼中消失。在大上海，你可以看到"张迷"们寻找张爱玲的热切的目光，
听到他们急切的脚步声。张爱玲的故居，成了"上海的文化地标"之一。

上海女作家淳子也是一个"张迷"，她花费了八年时间，遍寻张爱玲的上海痕迹，写成了《张爱玲城市地图》。跟张爱玲有关的"上海地图"有二十多处。我只是选择其中两处来寻访。

上海康定东路 87 弄 3 号，这是清朝大吏李鸿章送给女儿李菊耦的嫁妆，他的女儿嫁给一个叫张佩纶的男人。他们就在这里生儿育女，开枝散叶。张氏旧宅，家大业大，庭院深深深几许。1920 年 9 月 30 日，这个庭院响起一个女婴的哭声，她的第一声啼哭，并不激昂如贝多芬的《生命交响曲》，也不轻柔如理查德·克莱德曼的钢琴曲《秋日私语》。这声啼哭，跟普通婴儿差不多。张家大宅，不见瑞云萦绕，也不见文曲星挥毫下凡。一切如常，一切平凡得如每个日出日落的往常。可是人们没有想到，这个女婴后来成为蜚声中外的大作家，写尽旧上海风情，拥有胜不胜数的"粉丝"，研究她作品的人乐此不疲。

这个女婴就是张爱玲，她是李鸿章的曾外孙女。

后来，张爱玲的弟弟张子静也出生在这幢清末民初的红砖墙大房子里。张爱玲对它有过描述：建筑风格仿西式，有前院后院，房间很多很深，共有二十多间。前院住着他们一家人，父亲住在二楼，窗台常飘出他的烟雾。后院是佣人住。还有地下室，如同囚室，阴阴暗暗，湿湿漉漉，面积跟住房一样大。

出身在这样的富贵家庭，照理说，张爱玲应该过着锦衣玉食的生活，有着锦绣年华，绚烂尊贵。可是，张爱玲并没有人们想象中的幸福。她的命运，在十岁那年因为父母的离婚彻底改变。她的亲生母亲出国留学，父亲又娶了一个女人。没有了母爱，父爱又薄如秋露。张爱玲和弟弟是那么可怜。孤傲又倔强的张爱玲跟继母格格不入，关系不断恶化，父亲又偏听继母一面之词，把张爱玲囚禁在家里。李鸿章大概没想到，他送给女儿的房子，会成为外曾孙女的"牢狱"。少女张爱玲趴在窗台，睁着无助的眼睛，望着窗外的世界，肃穆的石雕，对面的佣人房。佣人悠然自得地来来往往，而她的自由却被囚禁。如花的生命不能在自由的世界里尽情绽放。

张爱玲的心亦如秋霜，凉薄凉薄。张爱玲的小说，有着惊人的才华，但极少能找到温暖、柔情之类的字眼，一不小心就看到满纸心寒的苍凉，华美的残酷。这跟她的经历有着千丝万缕的关系。

现在，这幢曾经囚禁过张爱玲的红砖墙大房子，已不再是当初的模样，不再是深宅大院锁清秋。走到这里，你会听到琅琅的读书声，你会看到篮球场上充满活力的腾空飞跃，你会看到背着书包的学子来来往往。这一切告诉你，张爱玲多次提到的园子没有了，给学校盖房子了。囚禁过张爱玲的房间变成一间教室。

学校门口有校警把守，闲杂人等不能随便进去。要进入须经校警同意。

校园内绿树红花，春光明媚，鸟儿啁啾。不知这些学子可否知道，他们的校园，是一个叫张爱玲的女作家的出生地？这里有过炫目的富贵，有过满院的苍凉。

离开曾经的张家大宅，几只燕子从眼前惊鸿般掠过，这意境多么相似。"旧时王谢堂前燕，飞入寻常百姓家"，我想，它是从刘禹锡《乌衣巷》中飞到上海的燕子么？

二

爱丁顿公寓是张爱玲在上海的一个重要地标。爱丁顿公寓见证了年轻的张爱玲的写作、成名、恋爱、结婚、被胡兰成抛弃。爱丁顿公寓一定记得张爱玲的酸甜苦辣，她的灿烂与落寞。

伴着江南的烟雨，我乘坐 2 号地铁前往常德路。我跟着同来的文友在静安寺站下车，出地铁站，很快找到常德路195 号，就在常德路、南京西路、愚园路交界处十字路口。

"常德公寓"四个大字很醒目。公寓高七层，意大利风格，坐东朝西。外墙被粉刷成米黄粉色，陈丹燕形容是"女人定妆粉的那种肉色"。粉红色砖块相间，岁月的痕迹依稀可见。大门侧边挂着两块铭牌，一块长方形，是上海市人民政府 1994 年 2 月 15 日公布的"优秀历史建筑"，铭牌里面写着："原为爱林登公寓。钢筋混泥土结构，1936年竣工。装饰艺术派风格。平面呈凹形，两翼向后。东立面两侧长条状挑阳台同中部竖线条形成横竖对比，顶部两层退台收进。局部装饰细腻。"另一块是是椭圆形的铜牌，里面用中英文刻着余秋雨题写的公寓简介："常德公寓，原名爱丁顿公寓（又名爱林登公寓）。始建于 1933 年，建

成于 1936 年，出资建造者为意大利籍律师兼房地产商人拉乌尔·斐斯。公寓所在的常德路，当时叫赫德路。现代作家张爱玲女士曾在这座公寓里生活过六年多时间。1939 年她与母亲、姑姑第一次住在这里，后去香港读书，1942 年返回上海后与姑姑第二次住在这里，直到 1947 年 9 月。张爱玲在这里完成了她一生中最主要的几部小说创作，因此，这座公寓在中国现代文学史上占据着特殊的一页。"

余秋雨的评价恰如其分。

的确，这个当年的爱丁顿公寓，在张爱玲的创作中有着重要的地位。她的重要文学作品，如《倾城之恋》《沉香屑》（第一炉香、第二炉香）《金锁记》《封锁》《心经》《花凋》等，在这座公寓里完成。

爱丁顿公寓里成就了文学张爱玲，年纪轻轻的张爱玲红遍了十里洋场的大上海，享受到了早成名的喧闹与灿烂。张爱玲租住的 605 房，频频响起慕名而来者的敲门声。可是孤傲的张爱玲一概不理，她希望别人记住的是她的文字。风度翩翩、才华横溢的胡兰成也来敲门了。他最初得到的也是闭门羹。胡兰成不甘心，给张爱玲留下一张纸条。这张纸条改变了张爱玲的命运。他们相约相见，又相识相恋。

爱情是如此的奇妙，爱情是如此的不可思议。看似看透世态炎凉的张爱玲，变成一个天真的小女子；看似高傲的张爱玲，在这个比她大十五岁且有过三段婚姻的男人面前低下高贵的头。"见了他，她变得很低很低，低到尘埃里，但她心里是欢喜的，从尘埃里开出花来。"她明明知道这个男人为日本人做事，可是被爱情烈焰熊熊燃烧的张爱玲，飞蛾扑火般投入胡兰成的怀抱，跟这个汉奸文人在爱丁顿公寓秘密成婚。张爱玲抱着胡兰成"愿使岁月静好，现世安稳"的婚誓，以为从此可以相携相爱一生，以为从此有永久温暖的港湾。可是张爱玲错了。这个身上还留着她的体温的男人，转身就投进别的女人的怀抱。张爱玲的情感世界崩塌了。她不再爱别的男人，她将自己萎谢。

男人把爱情当作路上的风景，女人却把爱情当作是港湾。爱情本来没有对错之分，错的只是选择。张爱玲在正确的时间遇上一个错的人，给她一生留下累累的伤痕，极度的悲痛。胡兰成给张爱玲带来的不只是情感上的创伤，还有抹不掉的历史污点。尽管张爱玲后来义无反顾地跟胡兰成离婚，但人们提起张爱玲，总是忘不掉她曾是汉奸文人的女人这段历史。这是张爱玲一生的痛。幸好，张爱玲还有文学。她的文学天才，她的文学成就，有目共睹，被中国文学记住。

当年的爱丁顿公寓，现在的常德公寓，因为张爱玲而被人记住。喜欢张爱玲作品的"张迷"们来此凭吊他们的偶像。尤其是李安把她的作品《色戒》搬上银幕后，寻访张爱玲故居者更多。

在常德公寓，我看见几个年青人打听当年张爱玲住在哪里。他们跟我一样，没能进入张爱玲当年住过的605室，只是看到楼下玻璃门上贴着一张白纸，纸上写着"私人住宅，谢绝参观"的黑色大字。这个很容易理解，张爱玲离开爱丁顿公寓已经几十年了，岁月如梭，这里的主人换了一茬又一茬。他们是普通老百姓，需要的是安静生活，而不是纷至踏来的打扰。

张爱玲生性孤僻，把公寓视作最合理想的逃世的地方，最不喜欢别人来吵嚷她的安静，更不喜欢因为她而影响到别人的生活。

这么想着，心里也就释然了，刚才因为进不了605室的惆怅，被三月的春风吹得天蓝地朗，风轻树碧。

三

常德公寓底楼有一家叫做"colorful"千彩书坊咖啡馆，

这里当年是间咖啡馆。张爱玲常来这里喝咖啡，写作，看窗外行色匆匆的人。现在，这家"colorful"，里间是咖啡香，外间是书香。我们推开大门，一股旧上海风味扑面而来：暗黄的色调，古旧的布置，墙壁上挂着张爱玲的相片，老式五斗柜上的旧唱机还咿咿呀呀传出上个世纪老上海风情。整个环境怀旧、雅致，让人感觉很幽静。

书坊出售跟上海有关的历史文化类图书，主要是张爱玲的作品，大都是台湾皇冠出版社出版的华美精装书。很多年前，在大学时代，我读的是中文专业，就读过张爱玲不少作品。这些年，"张爱玲热"势如火焰山，写张爱玲的书评滔滔不绝如黄浦江水，写张爱玲的传记亦多如天上飘飞的白云。单是这两年，我就看过白落梅的《因为懂得，所以慈悲——张爱玲的倾城往事》、余斌的《张爱玲传》等。

服务生递过菜单，问我们要什么。菜单上有张爱玲的素描头像，很素雅。这里的一切都跟旧上海有关，散发出张爱玲的味道，弥漫着"倾城之恋"，连"隆重推出"的特饮名都叫"沉香屑"。

我们要了一杯咖啡，一杯"沉香屑"。在张爱玲曾坐过的地方，读一读她的倾城作品，品一品这个"旷世才女"的倾城往事，以此纪念这个旧上海的倾城作家。

"园林之城"之苏州篇

寒山寺的钟声

苏州除了有闻名遐迩的园林，还有千年钟声。这是从唐朝诗人张继的《枫桥夜泊》传出的钟声。这钟声穿越千年时空，代代相传，一直回荡在二十一世纪的天空。

寒山寺的钟声早已敲响，也有无数人听过。只是那时寒山寺的钟声，没有后来这样家喻户晓，声名在外。

使寒山寺名扬天下的，是唐代诗人张继。

一千多年前，赴京考试的张继，没有如愿地金榜题名，光宗耀祖。他带着一身的落泊返回故乡。途经寒山寺时，天色已晚，倦鸟早归巢，张继就停泊在枫桥附近的客船中。躺在简陋的船上，听着流水潺潺，想起十年寒窗付流水，想起漂泊他乡的孤苦落寞，张继辗转反侧，无法入睡。

这时，寒山寺的钟声，传到客船，传到张继耳中。佛经有云"闻钟声，烦恼轻，智慧长，菩提增"，闻到钟声能祛除人生中大大小小的烦恼。听到寒山寺悠悠的钟声，郁郁不得志的张继百感交集，"心警悟"，如醍醐灌顶。于是提笔作诗："月落乌啼霜满天，江枫渔火对愁眠。姑苏城外寒山寺，夜半钟声到客船。"

不曾想，张继仅留下的这首《枫桥夜泊》，世代传颂，千古留芳。落泊的张继恐怕做梦都想不到，一首诗成就了寒山寺，使其成为后人景仰之地，千年寻芳。而寒山寺也使一个落泊诗人名扬千古。

从此，寒山寺的钟声似乎有种神秘的力量，召唤着无数文人骚客，善男信女前往倾听。尤其是郁郁不得志、穷愁潦倒者，他们更希望像张继一样，从寒山寺的钟声中得到某种秘示，获得前行的力量。

这些文人骚客、风流才子，来到寒山寺，夜宿枫桥，聆听钟声，写下了他们心目中的"钟声"。

南宋诗人陆游来了，"七年不到寒山寺，客枕依然半夜钟"，感叹连连；明朝诗人唐寅来了，"试看脱胎成器后，一声敲下满天霜"，壮志凌云。

"船里钟催行客起，塔中灯照远僧归"，明朝高启听到的钟声，是催人之声；"一自钟声响清夜，几人同梦不同尘"，清代诗人陆鼎更是道出许多人的心声。

2011 年的阳春三月，我到上海参加一个培训。那时，日本刚发生过地震，地震又引发海啸，雪上加霜。地震不仅使灾民失去美丽的家园，失去健康，甚至生命，也使非灾区的民众陷入一场精神恐慌。一衣带水的中国也为日本这场灾难恐慌。上海离日本很近，隔海相望，海啸是无情的，说不定它一发怒就扑到上海来。所以，远在千里之外的亲人很担心我的安全，叫我开完会赶快回广东。

我们只是犹豫片刻，就作出决定。寒山寺的钟声在我心中响了许多年，回荡了无数次，离上海只有百多公里之遥的苏州寒山寺，我怎能不前往亲耳聆听？怎能不去体验

"钟声已渡海云东"的飘逸?

带着对寒山寺钟声的向往,我们克服重重困难,终于来到寒山寺。

寒山寺坐落于苏州城西阊门外五公里外的枫桥镇,建于六朝时期梁代天监年间,原来叫"妙利普明塔院"。二百年后,唐朝有个叫寒山的僧人在这个寺院居住,于是改名为"寒山寺"。

寺院门口古朴典雅,上有"寒拾遗踪"四字。高高的黄褐色围墙把寒山寺与外面的市井隔开,形成两个不同的世界。寺院内幽深庄严,香火缭绕,木鱼声声,钟声阵阵。香客如云,游人如织,摩肩接踵。

在众多的游客中,有一个团队特别惹人注目。一个领导模样的中年男人手持日本旗,导游小姐用日语跟他们说话。很显然,他们是漂洋过海来到中国,来到寒山寺的日本游客。如果是平时见到日本游客不足为奇,中日恢复邦交几十年,两国人民早已友好往来。可是这时是非常时期,日本地震引起海啸的恐惧还没有消失,海啸的阴影仍笼罩着大地,明媚的三月因地震而阴霾满天。

可是这群日本游客，为什么胆敢冒着海啸的危险来到寒山寺？我不由多看他们一眼。

在寒山寺的诗石刻碑文前，我与他们不期而遇。导游用日语给他们诵读石刻碑上的诗句。读到张继的《枫桥夜泊》，先用日语读，再用汉语读。他们中有些人口中念念有词，也跟着导游小姐念。我很惊讶，他们用汉语念这首诗念得如此流畅，显然不是此时此刻才念过这首诗。

究本溯源，往深一点想，他们能用汉语把张继的《枫桥夜泊》念出来，一点也不奇怪。

来苏州前，我看过跟寒山寺有关的资料。有报道说《枫桥夜泊》在日本几乎家喻户晓，日本的小学生把这首诗作为课文来学习、背诵。每到除夕夜，日本人蜂拥而至寒山寺，在这里参加听钟声、祈吉祥等系列活动。

日本人狂热寒山寺的钟声，不远万里，飘洋过海来中国听钟声，做佛事。这说明什么呢？这给我们什么启示？

我想，这也是一种值得思考的"钟声"！

我来到钟楼。钟楼有二层高，呈八角。钟楼前聚集了很多游客，他们排队等待上楼敲一敲寒山寺的大钟。

敲钟，本是佛门寺院报时、警世的一种活动。按钟谱规定，分三段共敲击一百零八响。宋代文人米芾有诗记录："龟山高耸接云楼，撞月钟声吼铁牛。一百八声俱听彻，夜引犹自不知休。"明清以来，寒山寺在辞旧迎新之际，都要撞钟一百零八响，以求如意吉祥。现在，这个习俗依然保存。每年在除夕之夜，苏州市政府都在寒山寺举办隆重的鸣钟声活动，祈国泰民安，求吉祥平安。

在平日，寒山寺为游客开放钟楼。

那队日本游客也来到钟楼，轮流上去敲钟。导游小姐在楼下等他们，她也是中国人。我明知故问她，这个团是不是日本游客，她说是。我好奇地问，他们不怕地震的余威吗？导游说，他们专程来为受灾受难的同胞祈福。

对日本，中国人有惨痛的记忆，民族的伤痛，不堪的回首。那是政客及战争造成的悲痛。对于深受自然灾害的日本人民，善良的中国人以德报怨，本着人道主义精神，总是伸出援助之手。跟以往一样，这次日本遭受地震蹂躏，中国人不顾前嫌，第一时间伸出人道主义之手。这一切都是因为中国人民热爱和平，崇尚大爱无疆。

"当！当！当！"寒山寺的钟声不断响起，悠悠扬扬，余音袅袅，不绝于耳。这是祈祷之声，这是善良之声，这是和平之声。

仿佛是某种力量的召唤，某种精神的秘示，我也上到钟楼，要亲手敲一敲寒山寺，历经千年沧桑的大钟。

和平、和谐、平安、健康、幸福、快乐，这是我的心愿，这是我的祈祷。我愿我的祈祷随着寒山寺的钟声远播，播到每一寸土地，播到每个人的心田。

狮子林观"狮"

一

上海离苏州不过百公里左右，同样是地处江南，同样是阳春三月，可在上海那几天，天天雾蒙蒙，雨蒙蒙，烟雨杏花，春寒料峭。就算雨停了，春光明媚了，仍然冷彻骨。从上海坐客车到苏州，那种寒刺骨的感觉渐渐消失，苏州比上海温暖得多了，烟雨也少了。游览寒山寺，天是晴朗的，游览苏州园林时，天气也是暖暖的。

苏州园林为数不少，到底有多少，没有谁能说得清。最为有名的是狮子林、沧浪亭、拙政园、留园，并称为"四大名园"。苏州人很有福气，四季生活在花园中。"人道我居城市里，我疑身在万山中"是别样的感觉。

叶圣陶是苏州人，他对苏州园林最为熟悉。他写过一篇文章，叫《苏州园林》，详细地介绍了苏州园林的特点，给苏州园林很高的评价，把它誉为"我国各地园林的标本"。全国各地园林或多或少受到苏州园林的影响，"谁如果要鉴赏我国的园林，苏州园林就不该错过。"这篇文章还收进初中语文教材，哪个中学生不知道苏州园林呢？来到苏州的人又有几人不想看看闻名遐迩的苏州园林呢？

在苏州，我们游览的第一座园林，是位于苏州城东北园林路的狮子林。狮子林是元代园林的代表。它的最后一个园主姓贝，解放后贝家人把狮子林捐给国家。因此，狮子林既有中国传统园林构园要素，也有私家住宅的特点。整座狮子林的建筑分为祠堂、住宅和庭园三部分。

我们跨进园内，首先来到大方厅的贝家祠堂。由燕誉堂往北，按逆时针方向游览，一路上的景点不少，小方厅、九狮峰、指柏轩、荷花厅、真趣亭、石舫、暗香疏影楼、飞瀑亭、湖心亭、问梅阁、双香仙馆、扇子亭、文天祥诗碑亭、御碑亭、立雪堂等。园内有假山水榭、亭台楼阁、瀑布水涧、石穴峰孔、修竹松柏等。借助古代园林的组景方法，通过对景、借景、夹景、框景、隔景、藏景、露景、题景等手法，构成一幅幅如诗似画的画面，让人惊喜不迭，赞叹不已，浮想联翩。

狮子林假山林立，被称为"假山王国"。假山的造型中，像狮子的占大多数。狮子林成了名副其实的"狮子林"。这些散落园内各处的"狮子"，有的像在春光中欣然扑蝶，有的像刚吃饱怡然自得，有的像在花间酣然入睡，有的像在妈妈怀里撒娇，有的像情侣在秋日里喃喃私语，形态各异，千姿百态。据说有五百多头呢。

狮子林的假山原材料绝大部分来自太湖石，用太湖石堆叠成各种形状。太湖石又叫窟窿石，假山石。这些太湖石不知经历了多少个世纪，年复一年的太湖水的冲刷、打磨，使本来坚韧的石头变得瘦、透、漏、皱，甚至有点丑。也就是我们眼前看到的模样。

二

狮子林之"狮"，有两处给我印象最深。

我们一行九人穿过燕誉堂，来到小方厅。小方厅为歇山式，厅中有一对联"狮子窟中岚翠合，细林仙馆鹤书频"。这是一写景抒情联，情景相融。上联意思是说在狮形石峰的大小孔穴中，飘出的股股岚云笼罩了周围的翠色，融合为一体，恰好是对九狮峰的写照。

九狮峰就在小方厅北亭院内，峰后有"琴"、"棋"、"书"、"画"四楹。院子不算大，是江南常见的黛瓦粉墙。院中有花坛，鲜花怒放，绿草青青，一棵古树如云似盖。一座高大的灰青色的石峰就在鲜花、碧树之间。这个用太湖石堆成的石峰就是九狮峰。九狮峰很奇妙。一妙在叠石技艺，它用大小不一的太湖石层层垒叠，中间有很多大孔小穴，完全没有锥凿刀削的痕迹，气势磅礴，浑然天成。二妙在形态生动，像是有九头大小狮子在戏嬉。最上面的那两头大狮子像在咆哮，像在舞动，又像在踩高跷。我的家乡被誉为"中国醒狮之乡"，这些狮子让我不由想起家乡舞狮的情形。

　　九狮峰前游人涌动，很多人争先恐后跟狮子合影留念。有的则饶有兴趣地数有几只狮子。一对情侣模样的小青年在我们来到九狮峰前就开始数了。女的说有九头狮子，男的说没有，两人争起来。男的不服气，拉着女的手，围着九狮峰从前面数，又从后面数，数来数去就是数不出有九头。女的说男的笨蛋，连有九头狮子都看不出来。男的说女的不诚实，没有九头狮子，偏偏当应声虫，跟着导游说有九头狮子。

　　听着他们争辩，我不禁哑然失声。其实九狮峰也跟桂林的九马画山一样，在于神似，三分相似，七分靠想象。每个人想象力、观察力不一，所看到的当然就不一样了，不必强求一致。九狮峰之"九"不一定是实数。在中国传统中，"九"除了表示数量和顺序外，还有多、高、深、重等含义。因为"九"跟长长久久的"久"谐音，历来受老百姓喜欢。皇帝更是偏爱，穿的是九龙袍，造的是九龙壁，享受的是九五之尊。

　　从另一个角度来说，神似比形似更有神韵。如果三岁小孩都不费吹灰之力、一眼看出九狮峰有九头狮子，答案清清楚楚得像做 ABCD 选择题的话，那么这个景致就失三分情趣，七分韵味。九狮峰妙就妙在像与不像，似与不似之间，可以通过想象、品悟，从而获得乐趣。其中的真味，就靠个人去悟了。

立雪堂的庭院中，有一组由太湖石组成的景物，很有趣。它们像牛、螃蟹和狮子。一牛一蟹在北侧，呈相对僵持状；狮子在南侧，有两只，是幼狮，一卧一站。牛张大嘴巴，好像要吃掉立在它面前的螃蟹。螃蟹虽然个子比牛小得多，面对牛这个庞然大物，却毫无惧色，持螯挥爪，气势汹汹要牛跟打一架。看着张牙舞爪的螃蟹，牛不知如何下口，愣在哪里。"螳螂捕蝉，黄雀在后"，牛和螃蟹没有想到，它们的一举一动，狮子都看在眼里。狮子似是智者，默不作声，静观其变。这组景物叫"牛吃螃蟹"和"狮子静观牛吃蟹"。

一拨又一拨蜂拥而来的游客围观"狮子静观牛吃蟹"，忙着拍照。导游们则把胡编乱造的"牛吃蟹"的故事滔滔不绝讲给游客听，游客听了觉得有趣，哈哈大笑。

有一个游客听了，沉吟片刻，问导游："牛是素食动物，怎么会吃螃蟹呢？这不是逆天性，有违天道吗？"导游一时哑口无言。

其实，"牛吃蟹"是苏州的方言俗语，表面意思是牛想吃长着甲壳的螃蟹，可是又无从下口，于是乱咬乱嚼，不得要领，很可笑。由此引申开来，比喻那些不遵循自然规律，乱搞一通，把事情弄得一塌糊涂的人和事。在牛、螃蟹和狮子中，最透悟的是狮子。世间万事万物，都是相克相生，要遵循自然规律，不要逆天行事。否则，只会把事情搞糟了。

在狮子林设置这样的景物，是很有深意的。狮子林的建筑以及设置的景物，往往带有禅意，可品出禅理、意趣。

三

狮子和佛有很深的渊源关系，狮子和佛教同时传入我国。在中国，狮子象征吉祥、勇敢、威严、庄重，成为镇守之兽。在佛学中，狮子，是佛国之兽。佛是"人中狮子"，狮子座是佛之坐座。所以，在狮子林处处可见狮子，最高的石峰就是一头吼啸的雄狮。

狮子林始建于元代至正元年间（1341 年），原来是狮林禅寺后花园。元代僧人天如禅师得法于浙江天目山狮子岩普应国师中峰，为纪念他的老师，建起这座园林，于是取名为"师子林"、"狮子林"，一为纪念佛徒衣钵、师承关系；二为佛书上有"狮子吼"之说。

几百年的光阴中，狮子林经历了兴与衰，也几易其主，但其禅宗之意韵、丛林之遗风仍存。无数诗人、画家来此参禅，留下众多的诗词画作，列入"狮子林纪胜集"，成为狮子林一笔宝贵的人文遗产。乾隆皇帝对狮子林情有独钟，赞赏有加。他五次游览狮子林，为狮子林题诗众多，"真山古树有如此，胜日芳春可弗寻。"（《游狮子林三叠旧作韵》）；为狮林寺题额"画禅寺"，"真趣"匾额等。

从狮子林出到大门口，又见到黛瓦白墙上乾隆皇帝手书的"狮子林"。游客纷纷在此拍照留念，不知有几人能品出"狮子林"的禅意呢？

拙政园，雨后的莲荷

来到苏州四大古名园之一的拙政园，不由想起晋代潘岳的《闲居赋》："是亦拙者之为政也"。拙政园由此得名。此地几易其主，最初是唐代诗人陆龟蒙的住宅，到了元朝改名"大宏寺"。历史的车轮转到明朝正德年，御史王献臣因官场失意辞职还乡，买下大宏寺，拓建为园，取名"拙政园"。意思就是，王献臣要如潘岳一般辞官家居悠闲生活，似陶渊明一样守拙归田园。

拙政园曾走过历史舞台上叱咤风云的人物。江南文豪钱牧斋牵着爱妾柳如是来了，明末御史、刑部侍郎王心一携一缕书香来了，太平天国忠王李秀成来了，李鸿章和张之万来了，柳亚子先生也来了……他们是拙政园一道靓丽的人文风景。

悠久的历史、精湛的园林艺术、丰厚的人文底蕴，成就了拙政园，使它获得"中国园林之母"之美名，走进《世界文化遗产名录》之列。

走过兰雪堂、缀云峰、芙蓉榭、天泉亭、秫香馆，穿过远香堂、香洲、荷风四面亭、见山楼、小飞虹、卅六鸳鸯馆、倒影楼、与谁同坐轩、水廊等，那些小桥流水，亭台楼阁、平冈远山、松林草坪、竹坞曲水没能久久地吸引我的目

光，倒是雨后那些莲荷，让我怜爱不已，久久回眸，浮想联翩，想着它的前生与今世，我想为它写一首诗，谱一支曲。

雨后的莲荷，少了含苞欲放时的娇嫩，多了经风历雨后的伤魂。

莲，昨夜，我无缘见到你。你那红红的娇脸，圆圆的裙裾，还有你甜甜的梦。在夏雨纷纷中，是喜悦纷呈，还是惊慌失策？

今天，我看到你雨后的脸，一尘不染，清丽可人，似是一个娇美的女子，在凉风中娇羞。那娇羞，那娉婷，那袅娜，还有那隐约可见的伤魂，叫人怜惜，叫人心痛。

莲，昨夜有谁陪你听雨？昨夜有谁为你挡风？昨夜又有谁刻下三生的情缘？你不言不语，你常常不言不语，缄默如青山，深邃如幽兰。但我听到你隐隐的心事，你娇羞中略带的倦容，还有你前世辗转的缱绻。我读懂了你，莲，你的心事我最懂。

莲，昨夜那场缠绵悱恻的夏雨，一定是那个翩跹少年打你日夜守望的莲塘经过，他一定看到了你田田的心事，他的身影偶然地投在你的莲心。他转身，他回眸，他飘忽，像无脚的云，似无根的风，飘来，又飘走。飘远了那身影，只留下一池的叹息，一塘的幽怨。

莲，昨夜你们有没有凌波起舞？可有一曲短笛脉波转？一片笙歌醉里归？没有，一定没有。那三生石上的期盼，鸳鸯浦上的梦境，还有那渺渺的愁绪，你一定统统埋藏在田田的叶子底下。你独自地，在雨中哀怨，在风中销魂，且让愁随南浦。

拙政园值得我怜爱的东西很多，我不知道，为什么独独怜爱那雨后的莲荷，对它觉情深意重，久久难忘。也许是它引起我那么多的情思，那么多的感慨。

"太湖明珠"之无锡篇

无锡是个好地方

无锡是个好地方。

这句话不是我的首创，是曹禺戏剧《雷雨》中的一句台词，无锡旅游的宣传语。曹禺老先生当时大概没有想到，这句台词会成为无锡最好的宣传，给无锡打了最有煽动力的广告。

那时，我们一行九人到苏州游览，剩下的时间只能去一个地方。江南那么多城市，选择去哪个地方成了最热烈的求证。我们拿出地图，看看我们当时所在的苏州周围有哪些著名城市、旅游热线。常州、无锡、镇江、扬州、宁波、南通、连云港、周庄等，都进入我们的视线。当时，正是阳春三月，烟雨蒙蒙，万木争荣。最多人建议去扬州，"烟花三月下扬州"，眼前的时节太切合李白诗句的意境了。

我极力建议去无锡，理由就是"无锡是个好地方"。

"好地方"无锡历史悠久，经过三千五百多年的发展，成为江南名城。江南烟雨，太湖浩渺，小桥流水，繁华富庶，这座江南名城散发出迷人的魅力。头上的光环亦如天上的星星般耀眼。比如，它自古以来被称作中国"鱼米之乡"、"太湖明珠"。从明朝开始被称作钱码头、布码头、窑码头、丝都等。比如它现在是中国"国家历史文化名城"、华东地区特大城市之一。2012 年，在全国相对富裕地区排行榜中，无锡排名第五。

我极力推荐去无锡，还有一个原因：我所向往的江南的几个著名旅游城市，比如杭州、上海、南京、苏州等，我都去过了。无锡是个好地方，那就趁机看看它到底好在哪里。

最后，大家一致同意去无锡，原因就是"无锡是个好地方"。

二

从苏州找车去无锡，这经历真是很难忘。我走过不少地方，但这样的经历还是头一次。苏州是江南的代表城市之一，"上有天堂，下有苏杭"，几乎每个中国人都知道苏州如天堂般美好。苏州有烟雨蒙蒙，有小桥流水，有美女如云，有吴侬细语。苏州在我心目中一直是美好的，是神圣不可侵犯的女神，哪怕是别人无意间的微词，我都会不高兴。

这段经历我很久都不敢写出来，我怕写出来会影响别人对苏州的印象。直到现在，我要写这个江南旅游系列，我觉得应该写出来。作为一个普通的旅游者，我在自己的旅行文字里，不能总是写旅游地美好的一面，更应该写出自己的真实经历，给别人一个真实的旅程。说不定，会对别人起着借鉴作用呢。

在苏州一个车站的附近，我们搭讪一个面包车司机，问他载我们去无锡要多少钱。他说出的价格，我们勉强接受，正准备上车，他强调载我们去无锡有个条件，那就是我们一行人要参加他介绍的旅行社，否则他不带我们去无锡。我们原来的意图是包一辆车去无锡，夜住无锡，然后第二天自助游无锡。

于是，我们坚持他只是送我们到无锡，其他的不用他管；他则坚持送我们到无锡，兼参加他介绍的旅行团。

由于谁都不肯让步，结果是，我们拂袖而去，不理他。我们进去汽车站买车票，可是去无锡的最后一班车车票已卖光了。去其他地方的车票还有。

是坚持去无锡，还是换一个地方？九个人又商量了。最后，大家又一致认定去无锡。

我们就在车站周围找去无锡的车。

一个女人跑来问我们要不要包车？我们像抓到救命稻草，赶快问她是不是去无锡。她说可以。一会，她带来了司机。真是巧得很，司机就是刚才那个开面包车的男人。那男人一见我们就得意地说，今天我不载你们去无锡，就没人敢载你们去了！

可能这就是无处在不的潜规则吧，想想在别人的地盘里，时间又晚了，我们只好同意了。

他带我们到苏州一家旅游社。旅游社的人要我们先交齐去无锡旅游的钱。我们说，去到无锡再交。那司机不高兴了，说不先交旅游费，他就不载我们去无锡了。双方僵持不下。最后，我提议用折中的方法：我们先交一部分钱，剩下的钱第二天见了导游再交齐。他们作思考状，然后无可奈何地同意了。末了还说，还没有开过这样的先例，算是照顾我们了。

在前往无锡的路上，那司机显得很活跃，我们问什么都很乐意回答。他说，他是外地人在苏州，专门做出租车生意，兼帮旅游社拉些客，赚点回扣。他载我们到无锡，回苏州很可能就是空车。倒贴半天时间不算，来来回回的车费还不够汽油钱，只好用帮旅行社拉客的方式帮补一下。他的老婆孩子都在乡下，他一个人出来赚钱养活全家，很辛苦。

望着他满脸的沧桑，消瘦不堪的单薄身子，想到他的不容易，对他的怨气也就消了不少。

他如数家珍跟我们介绍无锡的情况，"无锡是个好地方啊！"《雷雨》这句台词从他嘴里蹦出来，让我吃惊不少。

三

一切还算顺利：司机送我们到无锡，笑嘻嘻地拿了钱；

他联系好的人，早已经在等我们。

来接我们的是一个无锡美女。广东人称年纪不大的女子统称为"美女"，街头巷尾，到处可听到"美女"长，"美女"短的叫唤，这多少带有礼貌的成分。但眼前的这个无锡女子，的确长得很漂亮，是典型的江南美女，长发飘逸，身材高挑，唇红齿白，美目生辉。连我作为她的同性，也情不自禁多看她几眼。

车上的男士本来对来无锡的遭遇还有些闷气，一见那美女，顿时春风荡漾，神清气爽。

美女带我们到一条比较热闹的街。她说这条街被当地老百姓叫做"旅游街"，住的、吃的、用的，什么都有。晚上还可以在周围逛逛街。

她帮我们安排好住宿后就走了。后来我们才知道，这个美女就是我们住的这家宾馆的老板。人们说，广东人精明。其实江浙人更精明，生意都做成一条龙，滴水不漏。

晚饭就在住地附近就餐，吃得好，价钱又不贵，很值。住的宾馆还算不错，又便宜。于是，在苏州受的那点气，在无锡化为一缕轻烟。

大家开始说着无锡的好，美女、美景、美食。回到广东后，偶尔提起无锡，大家都很怀念。

第二天早早起床，导游早已在楼下等我们。是一个三十岁左右的女子。她介绍说姓张，是无锡人。这个团是散客团，除了我们九人，还有几个拼团的。

张导游带我们先去游位于太湖之滨的中央电视台无锡影视基地。被称作东方"好莱坞"的无锡影视基地，有"唐城"、"三国城"和"水浒城"三大景区。

上个世纪的八十年代，中央电视台要拍摄大型电视连续剧《唐明皇》《三国演义》和《水浒传》等。拍这样的古装连续剧，需要建古城。经过多方论证，最后选择在风光旖旎的好地方无锡建"城"。

中央电视台在无锡分别建起"唐城"、"三国城"和"水浒城"。陆地面积一百公顷，可用的太湖水域面积更大，达二百公顷。电视剧拍摄结束了，花巨资建起的"城"怎么办？他们想到了跟旅游联"姻"，于是，这里成为我国第一家把影视文化和旅游文化相结合的主题园。事实证明，这个"姻缘"是成功的，获得了不错的社会效益、经济效益。优势互补，相得益彰，实现"双赢"。每年吸引了大量的摄影组来此拍摄电视剧和电影，如《杨贵妃》《大明宫词》《笑傲江湖》《大宅门》《射雕英雄传》《大唐歌妃》《天下粮仓》《神医》《刁蛮公主》《新醉打金枝》等，都是在无锡影视基地拍摄。随着这些电视剧和电影走进千家万户，无锡影视基地更是声名鹊起。人们慕名而来。游览无锡影视基地，成为无锡的特色旅游。

来无锡旅游的人，无不想到逛"唐城"、登"三国"，进"水浒"。在无锡影视基地，这"天王"，那"天后"，星光熠熠，灿烂耀眼。一不小心，转角见到自己的偶像，

跟偶像零距离接触。

我们在"水浒城"刚好遇到摄影组拍摄连续剧,那些追星族早早就守在"三国城",还有不少发着明星梦的人争当群众演员,哪怕是演路人甲路人乙,他们也心甘情愿。

在影视基地,有很多节目连续上演。我们只是在"水浒城"的聚贤堂观看了舞台剧"华夏古韵",在"三国城"的跑马场观看汉代战争情景剧"三英战吕布"。表演时间还没到,跑马场的观众席上已座无虚席。还有不少是蓝眼金发的外国人。表演开始了,战马萧萧,战尘滚滚,人声鼎沸。场面宏大、扣人心弦。观众不时发出阵阵惊叫声,胆小的赶快捂住脸不敢看。据说,"三英战吕布"的主要演员,以及表演用的马匹,都曾参加拍摄《三国演义》。难怪表演那么逼真。

四

午饭在无锡一个旅游点用餐。我们品尝了太湖美食"太湖三白"、"太湖排骨酱"等。最好吃的是"太湖排骨酱",我还特意买了带回家当礼物。

　　午饭后，我们来到鼋头渚。它是横卧太湖西北岸的一个半岛。鼋头渚这名字听上去有点怪怪，"鼋"是个偏僻字，好多人不知道怎么读。"鼋"读 yuán ，是上下结构，形声字。上面一个"元"字，下面是"黾"字，与乌龟的"龟"相似。"黾"，古书上指一种蛙。

　　太湖上，有一块巨大的石头突入太湖中，形态似是一只神龟昂首挺胸于湖中。鼋头渚因此得名。

　　鼋头渚是观赏太湖风光的最佳地方，郭沫若先生说："太湖佳绝处，毕竟在鼋头"。眼前的鼋头渚，碧波浩淼，远山如黛，春光荡漾，美不胜收。鼋头渚也是赏樱花的好去处，樱花是在四月开放。可惜，我们来早了一点。要不，满目樱花，灿烂如霞，那有多美。

　　我们坐船游太湖。

太湖，在长江三角洲的南部，江苏和浙江的交界处，是中国第三大淡水湖，号称"三万六千顷，周围八百里"。太湖周围有众多的江、河、溪、渎，纵横交织，如同巨大的蛛网，极富江南水乡风味。而淀泖湖群、阳澄湖群、洮滆湖群等像是把太湖拥抱，太湖就是这些"星"所捧之"明月"。太湖不但美，而且物产丰富，盛产鱼虾、莲藕等。那首风靡神州的《太湖美》把太湖唱得醉人心扉。"太湖美呀太湖美/美就美在太湖水/水上有白帆哪啊/水下有红菱哪啊/水边芦苇青/水底鱼虾肥"。以前唱这首《太湖美》，只是在脑海中跟随歌声想象太湖的美，如今一个真实的太湖就在眼前。

我最喜欢湖边的柳色。春天的柳树已抽出嫩嫩的柳叶。柳树褐色的枝干，看起来沉沉闷闷。这些鹅黄的，或是嫩绿的叶子，给人生命勃发的惊喜。垂进太湖水的柳枝，似是一枝枝碧玉，给太湖增加无限的生机。如烟的湖水，碧绿的柳叶，点点的船影，明媚的春光。这太湖，美啊！

从船上下来，我们登上三山仙岛。岛上的景点有会仙桥、天街、灵霄宫、天都仙府、三山道院，还有月老祠、大觉湾等。

那天我穿白色风衣，黑色长靴，风尘仆仆地赶路，风

撩起我的长发，衣袂扬扬。这情景被一同游者看见，他"咔嚓"一声拍下。

这张在三山仙岛上拍的照片，我特别喜欢，在照片上写道：我心向春光，脚步急奔，却成了别人镜头的风景，尽管只是一袭白色的背影。

无锡，唇齿间的醉

无锡美食多得很，最喜欢的是"太湖三白"，最难忘是吃醉虾。

从苏州赶到无锡，放下行李后，人早已饿得没有力气走路了。我们一行人赶快出来找吃的安慰肚子。

这条街是名副其实的"旅游街"，来来往往的多是像我们这样的游客，可买的东西应有尽有，可吃饭的地方也多着呢。肚子饿得很，我们无暇顾及琳琅满目的各色货物，找了一个环境比较优雅，看起来很干净的酒店坐下。

一行人饿得两眼发光，美食没有吃到，倒是"吃"到秀色。一个非常漂亮的姑娘忙过来招呼，问我们想吃什么？我们问她，无锡有什么特色菜？

她说"太湖三白"是无锡的特色菜，来到无锡，不尝尝"太湖三白"，等于白来无锡。所谓"太湖三白"，就是产自太湖的银鱼、白鱼、白虾这三味湖鲜，以它们的形冠名。

美女还极力推荐醉虾。

太湖是有名的"鱼米之乡"，早就久仰"太湖三白"大名，又是特色菜，那肯定要吃。醉虾倒是没吃过。美女把它说得那么美妙，那就点来尝尝。

"太湖三白"上来了，银鱼、白鱼、白虾品相看起来很不错。光是看，就叫人陶醉，胃口大开，垂涎三尺。

银鱼，个子不大，形状像女子头上的玉簪，色泽如银，透明滑溜，柔如无骨，无鳞无腥。"春后银鱼霜下鲈"，宋代诗人给银鱼很高的评价，把它与鲈鱼并列。

白鱼全身银光闪闪，骨细鳞也细，而且鳞下脂肪多，肉质细嫩。白鱼被老百姓夸为无锡第一鱼。《吴郡志》载："白鱼出太湖者胜，民得采之，隋时入贡洛阳"。

白鱼又叫做"鲦"，因它的头尾俱向上而获名。它还有一个名字叫"银刀"，这个名字跟一个在无锡流传很广的传说有关。那是明朝末年，太湖渔民张三带领渔民，抗击进入太湖的清兵。鏖战中，张三被利箭射中手臂，疼痛难忍，刀掉进太湖。英勇的张三从湖中捞起一把银刀，继续跟清兵作战。手持银刀的张丰，仿佛有神力相助，神勇无比，把清兵打得落花流水，抱头鼠窜。大家看到，他手中拿的是一条白鱼，银光闪闪，泛着寒光。从此，人们把白鱼叫银刀。

银鱼和白鱼都是鱼中珍品，曾是朝廷贡品。

白虾的肉又嫩又鲜美，壳又白又薄，看起来像一个白衣的弱质女子，让人不禁心生怜意。

美食讲究色、香、味、形，"太湖三白"几者兼备，加上我们的肚子早已饿得咕咕叫，"太湖三白"很快就见了底。大家直说不愧是特色菜，味道真不错。

在无锡的第二天，我们游览了中央电视台无锡影视基地、太湖、三仙岛等景点。因为念着白虾、银鱼、白鱼的美味，中午又品尝了太湖美食"太湖三白"，还吃了"太湖排骨酱"等。我还特意买了"太湖三白"和"太湖排骨酱"带回当礼物。这是后话。

再回过头来说说那盆醉虾。

我们吃完"太湖三白"后，大家对着那盆醉虾，你看看我，我瞧瞧你，都不敢动筷子。在酒中泡过的醉虾，虾枪、虾须、虾脚已被剪去，像喝醉酒的少女，醉态可掬。这让我想起《红楼梦》的史湘云，醉酒后睡在花丛中的情景。有的醉虾可能喝的酒不多，或者太胜酒力，一会就醒了，在盆里活蹦乱跳，想跳出盆子，可上面的盖子罩住，跳上去的醉虾被盖子反弹回来，它们不甘心又跳，又被反弹。如此反复。

这时，我们的肚子已不饿了，大家就停下筷子看醉虾表演，看它们活蹦乱跳的样子，大家都不敢吃，也不忍心吃。刚才那个推荐我们点醉虾的美女一见，马上惊讶地说："醉虾好吃得很呢！你们怎么都不吃？"她看了看在座的男同胞，调皮地眨眨眼说："醉虾有治疗肾虚、阳痿等症呢。你看人家那桌人吃得多欢。"

大家朝她所指的方向看去，果然是有一桌人，你夹我吃，吃得不知有多开心，一盆醉虾很快就见了底。

我们一行人转回身望着桌上那盆醉虾，还是你望望我，我看看你，都不敢动筷子。各地饮食各有各的习惯，醉虾近似生吃，广东人以熟食为主，对生吃兴趣不大。考虑到卫生问题，有的人很抗拒生吃。我就不喜欢生吃。像日本的刺身，我是望而生畏。

"快吃吧！活蹦乱跳的醉虾生命力强，这种虾最好吃。"美女服务员又动员我们。

"吃吧！"新说完就夹了一条正在跳的醉虾，蘸取调料，慢慢放进嘴里，醉虾的尾部还在摇动。众人盯着他的嘴巴，目瞪口呆。他嚼了几下醉虾，然后闭着眼睛把那条醉虾咽了下去，大有"我不下地狱，谁下地狱"之悲壮。醉虾吞下肚子后，大家马上问他味道如何？他抚摸着肚子说，味道好极了！你们也尝尝吧。榜样的力量是无穷的，峭也夹起醉虾吃，也是一副"风萧萧兮易水寒，壮士一去兮不复返"的壮烈。接着明也动筷子了。他们把醉虾吞下肚子后，大家马上关切地问味道怎样？回答都说好吃。

他们点名叫我也吃，说我能喝酒，吃醉虾最合适了。一开始我说什么也不肯吃，后经不起他们的劝说、诱惑。于是也怀着一种壮士断臂的壮烈情怀，勇敢地夹起一只正在跳的醉虾，蘸上配料，放进嘴里，闭眼，嚼嚼，吞下。那醉虾脆嫩，爽口，鲜美醇香，还带有一点酒味。果然味道不错。

于是，大家你一条，我一条，那盆醉虾就全部"跳"进我们肚子里了。

美女说得不错，你不试又怎么知道它的滋味？有时候，勇敢去尝试，大胆挑战自己，会有意想不到的收获。如果没有第一个吃螃蟹的人，如果没有第一个吃西红柿的人，螃蟹是何滋味不得而知，西红柿也继续被视作狼桃而无人问津。

吃完醉虾，大家兴味盎然，问美女醉虾的制作方法。她说，醉虾首先要选用活蹦乱跳的大虾作为原材料，再将鲜虾洗净，用剪刀剪去虾枪、虾须、虾脚，再洗干净，随即倒入玻璃碗内，倒入黄酒。上等的黄酒才是做醉虾的首选酒。另外，葱、姜、麻油、生抽、醋等调味料按照比例调配。

"似水年华"之乌镇篇

乌镇的味道

一

乌镇是有味道的，让你流连忘返。

我是在桂花飘香的季节来到乌镇。最早听说乌镇这个名字，是在飘着油墨香的书本。

我在杭州办完事，只有一天游玩时间，然后要赶去南京。南京到广州的飞机票我已订好。所以，这一天选择去哪就看对方在我心目中的地位了。最终，我把手伸给了乌镇，伸给乌镇的柔软时光。

远远地望见"乌镇"两个乌黑的大字。别的旅游景点的名字往往用烫金大字，让金黄色的大字在阳光的照耀下发出刺眼的光芒，先"色"夺人，无形间给游客逼人的气势。而乌镇却用普通得不能再普通的乌黑色，朴素得逼人。其实，有千年历史的乌镇早已名声在外，不需要金镂玉衣披挂在外，它也能吸引五湖四海的脚步。就像一个天然美女，虽然素面朝天，却遮不住天生丽质的动人。

小桥、流水、人家，这是典型的江南水乡画面。乌镇也是。

　　一条河流抱着乌镇人家，潺潺在屋后。沿河的枕水人家，一律的白墙黛瓦。住过老祖父的房子很老了，比老祖父的老祖父还要老，可是乌镇人家依然舍不得离开。这里有老祖父的呼吸，这里有老祖母漏风的歌谣。这里有太多世代相传的温馨。太多温馨的味道，日积月累堆积，堆积成一河割舍不去的枕水情怀。尽管外面的世界精彩纷呈，他们还是守在老房子，守住祖先的歌谣。

　　我走在小河边。河边的柳树枝繁叶茂，婆娑多姿。多情的枝叶伸进河里，任河水亲吻，任河水抚摸。一阵风吹过，柳枝"咯咯"笑着，轻轻推开河的拥抱。等风走了，它又投进河的怀中。河与柳的默契和谐，并不是一朝一夕，而是有过数不清的春华秋实。

　　"吱呀"一声，一个老式的木门打开了，走出一个老婆婆。她微驼着背，端着一盆衣服，沿着伸进小河的台阶下来，把衣服放进河里洗。一只白毛、黑眼的小狗也从旧屋子里跑出来。它蹲在河边，粉红色的舌头伸得老长，发出"哧哧"的声响。它看着河对岸柳树下，来来往往的游客。而游客也停下匆匆的脚步，看着河对岸，老屋子下，这只悠哉悠哉的小狗。

　　河上飞架造型精致的小桥，如弓，似虹，架起枕水人家和外面世界的精彩。潺潺的河水像江南女子的秀发，而如虹的小桥恰似挽在女子青丝上的发卡。

河里来来往往，忙忙碌碌的是那些船桨。摇船的船工古铜色的皮肤，散发出阳光的味道。热情的船工与游客唱和互答。河里不只是有从旧时光里划出的乌蓬船，还有现代气派的花船、游轮。一艘艘的乌蓬船，一船船的笑语，把不大的小河撑得满满。

来乌镇怎能不坐坐乌蓬船呢？来，来，美女，帅哥来坐船吧！召揽生意的声音很有吸引力，不，应该是乌蓬船很有魅力，那个头戴蓝印花头巾、身穿蓝地印花衣服的江南妹子有魅力。来乌镇的游客哪个不想尝尝坐乌蓬船的味道呢？

二

我就想尝尝坐乌蓬船的味道。

早时读过茅盾的《大地山河》，里面有一段文字写这里的水阁："人家的后门外就是河，站在后门口（那就是水阁的门）可以用吊桶打水，午夜梦回，可以听得橹声欸乃，飘然而过……"当时觉得这样的人家很有趣，也有些疑问。

现在坐在乌篷船，近距离观看枕水人家，大师文字的描述化作眼前的现实。

老屋子的后面部分都伸向水中，每间房子下面都用两根石柱子撑着。窗户是活动的木板，要打开窗户时，便用一根木棍撑着。乌镇的老屋子跟泰国湄南河的水上人家很相似。

从乌篷船上下来，转到镇的大街。大街地面用大块的青石板铺着，青石板散发出的，是悠悠岁月平平仄仄的烟火味。街道两旁的古老民居，都是一二层的木阁楼。大多数人家大门紧闭，个别人家大大方方敞开大门，凭好奇的游客探头探脑张望。

先前那个在河边洗衣服的老婆婆正坐在前门口。她的家正是典型的枕水人家。屋后枕水，屋前面街，屋侧面是一个窄窄的青石板巷子。那只黑眼白毛的小狗依偎在她身旁，还多了一只小花猫。花猫趴在她大腿上正闭目养神，很是享受。这一老两小怡然自得的安逸，享受阳光的惬意，引来游客羡慕的眼光，纷纷把镜头对准他们。"咔嚓"声惊醒了小猫的梦，它睁开眼睛"喵"了两声，又继续做它的美梦。趴在地上的小狗站起来，对着拍照的人"汪汪"叫起来，老婆婆拍拍它的背，大概是叫它安静些，不得无礼，那小狗就不再汪汪了，乖乖地又趴在地上。

乌镇散发出的不仅是安逸、谐和的烟火味，还有浓浓的书卷味。

乌镇是中国著名文学家茅盾的故乡。茅盾来到人间的第一声啼哭就回响在乌镇，他童年、少年的时光也留给了乌镇。

走在乌镇观前街，总能闻到文学大师散发出的味道，林家铺子、茅盾故居、立志书院、茅公酒店等，无不与茅盾有关。乌镇养育了茅盾，茅盾成了乌镇的一张文化名片，使乌镇充满浓郁的书卷味。

我走进观前街 17 号，它是茅盾故居。这座占地六百平方米的故居，住过茅盾的祖父和父母。有前后院，两进，坐北面南。前幢是茅盾的卧室、书房、会客室等。1933 年茅盾从上海回到乌镇，见三间旧屋破败不堪，拆旧屋，用《子夜》的稿酬建新屋。他亲自设计，布局，采用的是日本建筑风格。还亲手把从上

海买回的棕榈树和天竺的树种种在院子里。

紧邻茅盾故居的是立志书院。立志书院是茅盾的母校，现在开辟为茅盾纪念馆。

进大门，穿过道，过天井，便见书院大门两边一副对联："分水旧规模，但愿闻风皆立志；受山钟秀杰，定知异日有成材。"是国学大师俞曲园撰写。纪念馆正厅上高悬"有志竟成"匾额。"有志竟成"意思是"先立乎其大，有志者竟成。"匾额正下方是"文学巨匠茅盾"几个烫金大字，仿佛是对"有志竟成"的最好最生动的注解。

年幼时的茅盾在此接受启蒙教育，学识字，读经书，开启智。一个人的早期教育对其一生都有深远的影响。茅盾能成为一代文豪，书院功不可没，乌镇功不可没。

走在散发着书香味的学堂，我仿佛听到朗朗的读书声，小小的茅盾和他那些同学摇头晃脑地跟着先生读"人之初，性本善"，拿着毛笔在临摹"先立乎其大，有志者竟成"。志存高远的理想于是在年幼的茅盾心中播下种子，扎下根，使茅盾走出乌镇，走向世界，成为一代文豪巨匠，为中国现代文学做出巨大贡献。《林家铺子》《子夜》《春蚕》等一系列的经典之作，成为人类的精神食粮。

　　乌镇不仅是茅盾生长之所，也给了他写作的灵感。他的不少小说以故乡为蓝本，比如《林家铺子》《春蚕》《秋收》《残冬》。有些作品的素材来自乌镇，比如长篇巨著《子夜》。成名后的茅盾多次回老家小住、写作，《故乡杂记》等就是在乌镇所写。

三

　　如果说枕水人家、青石板，让你想起烟火味，立志书院让你闻到书香味，那么刘若英这句话让你嗅到什么味？她说："如果你想要让自己能够休息一下，然后希望去的那个地方会有浪漫跟奇迹发生，我觉得你可以去乌镇。"

　　我闻到了浪漫的味道，这是现代人所喜爱的味道。试想，你从繁忙的工作中抽出身，给心灵放个假。背上简单的行李，独自一人，或是跟志趣相投者，在一个鸟儿啁啾的早晨来到乌镇。看晨雾是怎样笼罩小河，看河柳是怎样化为烟柳，看枕水人家是怎样从家的后门用吊桶在小河打水。再坐一坐乌蓬船，听头戴蓝印花头巾的船娘那欸乃声穿破晨雾。然后沿着街，听听林家铺子的故事，在戏院看一出古戏，在古老的纺织机上织一段旧日情怀，在染坊染一匹蓝色梦幻，在立志书院念一念"关关雎鸠，在河之洲。"

　　如果你觉得这些还不够浪漫，那么你来这里看看吧。这是当年刘若英和黄磊拍摄《似水流年》的地方，现在依然保留着当时的情景。高高的竹杆上，悬挂着一匹匹蓝印花布匹，似是从天而降的瀑布。风吹过，长长的布匹随风飘扬，哗啦作响。我不知道你看到这样的情景会想起什么，我想起小时候父亲帮母亲晒毛线的一幕。我的母亲每年都要把我们穿脏了、短了不合身的毛衣拆下来，洗干净，在竹竿上晾干。我的父亲最喜欢帮母亲拆毛衣，晾毛线。他们年轻的身影忙碌在五彩缤纷的毛线中。这充满人间烟火味的温馨情景，定格在我记忆中，一直没有忘掉。所以在乌镇，我一看到那高高悬挂的蓝花巾，我就想起父母晾毛线的情景。父母并没有刻意制造浪漫，我那时也不懂什么叫浪漫。而现在，晾毛线这个生活情景让我想到，除了温馨，还有浪漫。乌镇让我也有这种感觉。

乌镇的一切是真实的。千年的古镇，千年的时光，把一切虚无淘汰，沉淀下的是真实的厚重，真切的生活。就像平平仄仄的青石板，让人想起走过它的婉约女子，质朴先民。这些真实的东西，它散发出的烟火味，让人感觉亲切而浪漫。

对了，如果你觉得这些都不够浪漫，那么在东栅或是西栅，找一个枕水的屋子住上一宿，让流水潺潺一宿。枕水而眠，听乌蓬船上的欸乃，想着乌镇的前世今生。如果这是你人生的第一次，那么总会一种情感涌上心头，乌镇总有难忘的味道让你闻到。

有人说，乌镇来了就不想走！

我说，乌镇是有味道的。

不信？

那就来乌镇看看吧，闻闻吧！

为食乌镇

一

民以食为天，一个地方的旅游热，往往带动饮食热。对于旅游的人来说，在大饱眼福的同时，也大饱口福，尝试到在自己所生活的地方没吃过的美食，那是再好不过的事。

江南水乡乌镇的饮食业同旅游业一样发达，镇内遍布大大小小、各具特色的美食、小吃。

宋生是我去浙江的旅程中认识的老乡，在杭州各自办完事后，他叫上浙江的一个朋友周生，三人结伴去乌镇。周生是浙江人，原来在广东工作，跟宋生同过事。周生后来离开广东，回到家乡工作。

周生说，来我们浙江，得好好尝尝我们江南水乡的美食，看看跟粤菜有什么区别。

我们一路走，一路看，一路尝。乌镇美食很多，如乌镇酱鸡、梅菜扣肉、小龙虾、小螺丝、三珍斋酱鸡、姑嫂饼。有名的小吃有臭豆腐干、定胜糕、熏豆、荷叶粉蒸肉、小馄饨等。

乌镇的西栅、东栅，美食店、饭店多过米铺。什么同和兴羊肉馆、三山馆、钱长荣菜馆、三珍斋酱鸭店、翰林府第酒店、逢源酒楼、百年老店九江楼等等。叫我惊喜的是，在乌镇见到一家"大茶饭粤港点心茶楼"，专门经营粤港风味的美食。光看这么多经营美食的楼馆，乌镇饮食的热闹可见一斑了。

每家楼馆都打出招牌菜、特色菜，吸引游客。如百年老店"九江楼"以经营本帮菜的首肉、荷叶粉蒸肉著称，外加菊乡八爪鱼、古镇明珠球饼、外婆鸭、富贵石榴果等；翰林府第酒店，其招牌菜有剁椒白水鱼、果仁南瓜烙、梅菜梗炖豆腐、翰林酱鸭、乡村豆瓣、棕香扎肉、咸鹅煮螺蛳等。

有些酒楼像写文章一样有"主题"，如"乌镇那一年主题餐厅"，它的特色菜叫"那些年泡饭"、"地中海蔬菜锅"、"牛吃草"。

"似水年华红酒坊"，则是因为电视剧《似水年华》在乌镇拍影，借电视剧为酒坊名，沾了电视剧不少光。来到乌镇旅游的人，没几个不知道《似水年华》和刘若英。

《似水年华》，是黄磊自导自演的首部电视剧。讲述的是一对来自海峡两岸的青年（由黄磊和刘若英主演）的爱情童话。他们在美丽的江南水乡乌镇相遇、相恋，而后离别、想念、重逢。似水年华，白云苍狗，人生如梦，有多少爱可以等待？有多少情可以相守？遇上你是我五百年前在佛前求的缘，遇上你是我今生最美的绽放。能相爱这辈子无憾矣。故事浪漫而唯美，令多少男女为之着迷。在乌镇还保留有当年拍摄《似水年华》的场景，多少游客在此留连忘返，追忆似水年华。"似水年华红酒坊"的特色就是乌镇之秋、红酒、邂逅、薯条，暗合了酒坊打造的浪漫主题。在"似水年华红酒坊"，吃到不仅是美食，还有浪漫。

二

走在乌镇，处处可见叫做姑嫂饼的传统糕点。有的店还打出"乌镇正宗姑嫂饼"、"厂家直销乌镇小吃姑嫂饼"的广告，有的直接以"乌镇著名特产姑嫂饼"为店名。

有的店还现做现卖姑嫂饼，新鲜热辣得很呢。

周生带我们进一家"姑嫂饼"店。店门口站着一个水

嫩的漂亮妹子，一见我们，她春风满面，热情招呼，给我们介绍姑嫂饼，叫我们品尝，说不买也没关系。店内一张大大的长方形木桌上，摆放着洁白的面粉、薄薄的饼皮、木质的饼模具。有几个女工正专心致志坐在桌前做"姑嫂饼"。搓皮的搓皮，包馅的包馅，用模子定形的用模子定形，忙而有序。做好的姑嫂饼呈圆形，比棋子大不了多少。做好的姑嫂饼摆在木桌上，颇像摆开龙门阵对弈呢。

做饼的女工跟站在门口那个妹子一样，清一色的头戴蓝花头巾，身穿蓝花布衣服，很有江南古镇特有的水乡风情，让人恍以为走进旧日时光。发现我们在看她们做饼，她们只是抬抬头，莞尔一笑，然后又低头忙手里的活。

"姑嫂饼是乌镇的著名特产，来，来，尝尝吧，好吃得很。来乌镇不吃姑嫂饼，会留下遗憾的哦。"刚才那个漂亮的妹子又不失时机推介姑嫂饼。

我们被妹子的热情打动了，买了不同味道的姑嫂饼，当场品尝起来。看起来有点儿油腻的姑嫂饼，吃在嘴里却不油不腻，酥酥糯糯，松松脆脆，香香甜甜，又甜中带点咸，甜咸相宜。

"用极细麦粉和糖及芝麻印成圆饼，有椒盐者，有白糖者，味甘而润，远近著名。"这是清乾隆年间乌镇同知董世宁原修、卢学溥续修的《乌青镇志》"土产篇"中写到的姑嫂饼。它既介绍了制作姑嫂饼的配料、做法，饼的味道类别，也指出姑嫂饼历史悠久，名闻杭嘉湖等地。《乌青镇志》的记录跟现在乌镇人用面粉、芝麻、猪油、白糖等配料姑嫂饼相吻合，也说明这种饼跟前人的制作一脉相承。

姑嫂饼除了有书面的记录，还有口口代代相传的民间传说。在乌镇，熟悉这种饼的人都对这个传说略知一二。

姑嫂饼，初听名字，我脑海里出现这样的画面：嫂子跟小姑亲亲密密、说说笑笑，一起搓面皮，一起烙制糕饼，做好的饼散发出的不仅有麻香味，还有和美的亲情味。

可是，关于姑嫂饼的传说跟我想到的画面正好相反。

不知是明朝的时光，还是清代的岁月，在乌镇有一家叫"方天顺"的夫妻饼店，他们用祖传的秘方做的饼特别好吃，方圆几百里的人都跑来光顾他们的生意。方家夫妻育有一儿一女。按照当地的风俗，祖传秘方传男不传女，甚至传媳妇也不传女儿。因为得到祖传秘方的嫂嫂做的饼也颇有口碑，小姑很不服气，有心让嫂子出洋相，趁嫂子有事出去，故意在她配好料的粉缸撒上椒盐，搅匀。谁知加上椒盐做出的饼，客人连连叫好，大赞椒盐味的饼味道好极了，比以前吃的饼更好吃。问他们是不是加了新的配方，还说以后就买椒盐味的方家饼。他们一向做酥糖味的饼，怎么会有椒盐味呢？方家夫妻百思不得其解。做不出客人要的椒盐味饼，那可怎么办？他们愁得团团转。看见父母愁得吃不香，睡不着，女儿于心不忍，道出事情的真相。父母也原谅了女儿的意气用事，一家人齐心合力研究有椒盐味饼的制作方法，起的饼名就叫"姑嫂饼"。从此，真的出现嫂子与小姑一起做饼的和谐场面。

这个传说情节一波三折，颇像小说。真真假假，难以考究，倒是结局让人欣喜。在吃姑嫂饼的同时，也吃出温馨的味道。

在乌镇做姑嫂饼的饼店，做得最好的，据说是"颐昌"、"天盛"这两家。

姑嫂饼的包装也很有特色，用塑料包，用纸包。有一种用竹编织的小篮子，竹篮上面用红绸布盖着，很漂亮，很有艺术感，着实让人喜欢。当作礼物送人最好了。我忍不住买了这种包装的姑嫂饼，自己留着纪念也好，当作礼物送给人也很有面子。

三

我们在乌镇西栅，选择一间叫"民国时代"的特色主题餐厅。餐厅门口两旁挂着汽球，五彩缤纷，喜气洋洋。

"民国时代"主题餐厅按照民国时代的风格装饰，一派民国风味。怀旧、清雅。门口的女服务生蓝布衣，黑裙子、黑布鞋。男服务生则穿着民国时的长衫。走进"民国时代"恍如时光倒流，回到离我们不是很遥远的民国。餐厅里面有六个包间，分别叫"爱玲"、"志摩"、"达夫"、"评梅"、"静之"、"庐隐"。是以张爱玲、徐志摩、郁达夫、石评梅、静之、庐隐等六个著名的作家、诗人之名命名。这六个人中，如今张爱玲、徐志摩名气最大。他们都是江南人。

不过是经营饮食的餐厅，偏偏以某个时代作为卖点，跟文化扯上关系，饮食与文学"联姻"，足见主人的用心。

所以，这家以民国时代为特色的主题餐厅，比较受怀旧之人，或是文学青年欢迎，人气较高。来迟点都订不到座位。我看到一个背着背包的女子来到"民国时代"，张口就说，我要"爱玲"。服务生说，很抱歉，您来迟一步了，"爱玲"包间刚被人订走了。"静之"的客人刚走，留给您吧？女子说，"静之是谁？我不要，我要爱玲！"

张爱玲是民国四大才女之一，是中国现代著名作家，一生留下无数文学作品，也留下被奉为经典的名言，深受青年男女的追捧，比如"于千万人中遇见你所要遇见的人，于千万年之中，时间的无涯的荒野里，没有早一步，也没有晚一步，刚巧赶上了，那也没有别的话可说，唯有轻轻问一句：'哦，你也在这里么？'"

在"民国时代"主题餐厅，不断有人离开，不断有人进来。男男女女，各色人等都有。我的脑海里跳出这样的画面：一个女子独自来到"民国时代"，靠窗坐在"美人靠"上，手里捧着张爱玲的《倾城之恋》。一个男子来到她对面的空位置上，问她有人有坐？女子抬起头，两人四目相对，犹如电光火石。男子说，哦，你也在读《倾城之恋》么？女子说，是的，你也喜欢么？于是，一场倾城之恋在"民国时代"拉开序幕……

你想吃什么呢？周生接过服务生递过来的菜谱，放到我的面前，把我的思绪拉回到现实。

菜谱上有红烧羊肉、酒糟河虾、宋家红烧肉、胡先生豆腐、小米糕、野菜饼、乌镇大羊肉、银鱼羹、酱鸭、蔡家小羊肉、传统酱焖蛋、酱牛肉、草头饼等。

我们点了红烧羊肉、胡先生豆腐、野菜饼等。那红烧羊肉皮脆肉嫩，肥而不腻，酥香爽口，甜中微辣，令人食指大动。

在乌镇，红烧羊肉和白水鱼很有名，大部分饮食店都有这两道菜，就看味道的差别了。

李时珍在《本草纲目》中说："羊肉能暖中补虚，补中益气，开胃健身，益肾气，养胆明目，治虚劳寒冷，五劳七伤"。羊肉有助元阳，补精血，益劳损，是一种滋阴补药，男女都适合吃。男人吃了补，女人吃了美颜。羊肉是男人的加油站，女人的美容院。

乌镇民间也有"一冬羊肉，胜过几斤人参"的说法。乌镇人喜欢吃羊肉，就好像雷州半岛人喜欢吃狗肉一样。

乌镇人的红烧羊肉，主要选皮细、肉嫩、脂肪少的青年湖羊，也就是"花窠羊"作为原料，再用黄酒、红枣、冰糖、老姜、萝卜、酱油等作佐料。

江南烟雨

烟雨，是江南最唯美的精灵，是大自然给江南的恩赐。

白居易说："江南好，风景旧曾谙"。我不知道，无数文人骚客歌之咏之的江南，令他们最忆的是什么？在我，江南的烟雨，总是飘飘洒洒在记忆中。

我曾经非常喜欢江南的烟雨，我制作了很多江南烟雨的音画，我写了很多梦想江南烟雨的文字。我对江南烟雨的迷恋无以复加。

这么喜欢江南的烟雨，你来江南吧，拥抱江南烟雨吧！我的一个文友说。

后来，我真的到了江南，三年内四次到江南。在杭州，在上海，在无锡，在朱家角，在乌镇……我无数次见到江南烟雨，我激动得跑进烟雨中。

第一次到江南，就遇上烟雨的季节。

这是白居易最忆的杭州。白天天气虽阴阴沉沉，难见明媚，但雨到底没落下来。到了夜晚，雨就随着风飘洒起来。这雨，给美丽的杭州蒙上一层神秘色彩，更增添妩媚的姿色。

撑着雨伞，我独自走在杭州的大街小巷，慢慢品尝这个人间天堂夜色的妖娆，尤其是让我迷恋了很久的江南烟雨。

眼前的江南烟雨，如丝如针，如诗似画，美到极致，美得叫人窒息。

漫步在烟雨朦胧的杭州，寻找那些关于烟雨江南的诗句，找寻那些魂牵梦萦的感觉。

也许是受唐诗宋词的影响，一直喜欢烟雨江南，杏花春雨这样的意境。想起春天，就想起江南；想起江南，就想起江南的烟雨；看到江南的烟雨，就想起那首读了千百遍也不厌倦的《雨巷》。

写《雨巷》的诗人戴望舒就是杭州人，他的故居就在杭州大塔儿巷 11 号。于是，我去他的故居寻找"雨巷"，念念不忘他的《雨巷》：撑着油纸伞／独自彷徨在悠长／悠长又寂寥的雨巷／我希望逢着／一个丁香一样地／结着愁怨的姑娘／她是有／丁香一样的颜色／丁香一样的芬芳／丁香一样的忧愁／在雨中哀怨／哀怨又彷徨／她彷徨在这寂寥的雨巷。

这唯美的意境，这雨中的哀怨，还有那个丁香姑娘，不知道吸引了多少爱江南烟雨的心。今晚，我走在江南的街巷，走在"雨巷"，那雨淅沥沥地打在青石板上，飘洒在我身上，滴答于我心间，溅起纷飞的思绪，弹奏出串串旋律，牵起千古情思。今晚，曾经萦绕于梦里千百回的江南烟雨，再也不只是飘洒于诗词中的平平仄仄，再也不是虚幻的意象。它真实而亲切，盈手可握，仿佛是我等了千年的爱人，今晚终于可以揽入我怀中。恍惚中，我就是那个结着愁怨的丁香姑娘，那个撑着油纸伞彷徨在雨巷的书生，向我缓缓走来。

江南烟雨是种爱恋，是种缘份。江南的烟雨会醉得你忘了回家的路。第一次来江南，恰好就遇到了这样的"缘份"。江南，待我不薄。

在江南古镇乌镇见到烟雨，跟在繁华都市杭州所见到的烟雨，又是别样的风情。

　　这是我第二次到乌镇，春天的乌镇。第一次到乌镇，是在秋天，只有秋日万里，没有烟雨迷蒙。

　　春天的乌镇，纷扬着烟雨，丝丝缕缕，密密斜斜，朦朦胧胧，袅袅娜娜，娉娉婷婷，缠缠绵绵，粘粘稠稠。如烟似雾，如梦似幻，如同一幅淡淡的水墨画，恍若一曲如梦令，更是一首婉约词。吸一口气，清清凉凉，透心透肺，似乎还有一丝清甜味。

　　烟雨是江南的精魂。有人说，天下春色十分，七分在江南；江南春色十分，七分在烟雨中。这说法似乎有点夸张，但对江南烟雨的喜爱却是明心可鉴。烟雨，早已给江南打上无可替换的标签；江南，烟雨最惹诗情，最有韵味。

　　我走在乌镇的小石桥，看枕水人家屋后的小河，被烟雨环抱；看河岸上的柳树，变成烟柳；看欸乃的乌篷船，变成水墨画。

　　我在小石桥上张望，把自己也张望成烟雨，张望成水墨画里一缕烟。

　　我走在大文豪茅盾故居的观前街。他小时候走过的青石板巷子还在，依然逼仄，依然在烟雨中发出平平仄仄的吟唱。

穿蓝花布的江南女子，依然在烟雨中娉婷着，变成一朵朵古色古香的花。

乌镇到处是烟雨，连住的地方也打上"烟雨牌"，叫"乌镇烟雨江南主题民宿"。

我住在小木屋，当上一回"枕水人家"。从木格窗子上看去，江雨烟雨变成一窗烟雨。

又是烟雨夜，我无法安安静静地呆在小木屋里，我要走在青石板。

不知谁家传出林俊杰唱的《江南》：风到这里就是粘/粘住过客的思念/雨到了这里缠成线/缠着我们流连人世间/你在身边就是缘/缘份写在三生石上面/爱有万分之一甜/宁愿我就葬在这一天/圈圈圆圆圈圈/天天年年天天的我。

听着熟悉的旋律，我不禁驻足聆听。喜欢烟雨江南，连同着喜欢听唱江南的歌。曾经常常唱这首歌，唱出几分思念，唱出几多爱恋。今晚，沐浴着缠成线的江南烟雨，听着关于江南烟雨的歌曲，这样的情景，这样的意境，岂一个美字了得！

夜夜烟雨伴入眠，不辞长作江南人。

"无梦到徽州" 之古徽州篇

繁华不只是旧日时光

一

从婺源到黄山应该不远，一路的赣水徽山还没看够，就有人说，到了，快下车。

从车上下来，抬头一看，到的不是"五岳归来不看山，黄山归来不看岳"的黄山，而是安徽省黄山市政府所在地屯溪区。

于是，我还没有沐浴黄山的云山雾海，就先品尝徽州文化大餐。

在上个世纪的八十年代，安徽省徽州地区改名为黄山市。历史上的徽州，有过灿烂的文化，闻名遐迩。徽州文化，是徽州人，甚至是中国人的骄傲。安徽之"徽"就是取自徽州之"徽"。

徽州是地理的，也是历史的文化单元。古徽州统"一府六县"，也就是徽州府、歙县、休宁、婺源、祁门、黟县、绩溪。徽州从秦朝置郡县，已经有二千多年历史，创造了灿烂的徽州文化，在中国历史上赫赫有名，曾是中国经济文化重地。由徽剧、徽菜、徽雕、徽墨、歙砚、徽派建筑、新安医学、新安画派等组成的徽学，与敦煌学、藏学成为中国地域文化的三大显学，影响深远，是中国地域文化中的一朵奇葩。

徽州与黄山，一个让人想起底蕴深厚的徽州文化，一个让人想起风光旖旎的名山大川，是两种不同的情感体现。所以，"徽州改名事件"当时很是轰动。近三十年过去了，至今仍有人念念不忘徽州，要求恢复"徽州"之名。我有个安徽文友，他就住在黄山市，他总是骄傲地说"我是徽州人"，而不说"我是黄山人"。

徽州人才辈出，徽州物宝天华。"程朱阙里多人杰，徽墨歙砚著华章"歙砚是中国四大名砚之一，"程朱阙里"是宋代著名理学家程颢、程颐和朱熹祖籍故里，就在屯溪的篁墩村，是徽文化的发祥地。现在的屯溪，有程氏三宅古民居展馆，是三座砖木结构的明代民居。

屯溪原是一个市，后改为黄山市的一个区。屯溪是一座秀美的山城，位置优越，背山面水——背倚黄山，面临新安江。有山有水，这是上天的恩赐；成为闻名遐迩的商业城，这是屯溪人的精明。

屯溪，简称"昱"，日光照耀之意。到达屯溪的当天下午和晚上，我们将在这个有"日光照耀"的地方渡过，第二天再登黄山。

二

老街处屯溪区中心地段，是一条商业古街。

走在屯溪老街，我感受最深的是它的繁华。透过现时的繁华，折射出旧时的繁华，是延续千年的繁华。

　　来到老街首先见到一个高大的石牌坊，中间有"老街"两个金色大字。牌坊雕刻精致，飞檐翘角，似是欢迎四方来客。

　　老街路面用麻石铺砌，两旁店铺林立，采用灵活装卸排门，前为店，后为作坊，或是住家。建筑多是二三层高，砖木结构，一座紧挨一座，很整齐，像是亲密爱人紧紧相依相偎。和我在朱家角、乌镇、周庄等其他江南古镇见到的房子一样，老街的楼房也是青瓦、白壁、马头墙。古朴，典雅，秀气。

　　整条老街的建筑保留典型的明清徽派建筑风格，被列

为全国历史文化保护区。建筑，被喻为"凝固的音乐"。每个地区都有独特的建筑风格，形成了不同的建筑流派。徽派建筑是中国古建筑最重要的流派之一，一座座徽派建筑，就是一件件艺术品。它构思精巧，把石雕、木雕、砖雕融为一体，有着和谐的韵律美。"青砖小瓦马头墙，回廊挂落花格窗"，是它的特点。徽派建筑主要流行在现在安徽省黄山市、宣城市绩溪县、江西省婺源县等古徽州地区。就算对屯溪老街历史一无所知的人，光看这些建筑，也会猜到，老街必定有悠久的历史了。

在老街最惹人注目的建筑要算是"万粹楼"了。这是一座四层、二十四米高的楼房。走在老街，远远就能看见"万粹楼"三个金色大字。"万粹楼"糅合了徽派民居、府

第、商铺、园林等的风格，雕梁画栋、石雕小桥、漏窗红柱，精雕细刻，古色古香，美轮美奂。

"万粹楼"是我国第一家私人古建筑博物馆。主人叫万仁辉，又叫万粹。他祖籍江西南昌，出身于书香门第，钟情于书画等传统文化，对徽文化情有独钟。走在古徽州大地，看到大量的古建筑倒塌于岁月的侵蚀中，毁坏于无知者的愚昧中，万仁辉心疼不已。当所办的企业有盈余时，他走村入山，收集了大量的徽派建筑构件。总共花了二千多万元，用了三年时间，建成了这座"万粹楼博物馆"，给世人展示徽文化的灿烂，展现了旧日时光的繁华。

"万粹楼"取"藏万千精粹於斯楼"之意，是名符其实的"万粹"。据介绍，楼中收藏了历代的珍贵文物，如远古的恐龙化石，汉时的鎏金菩萨，明代的景泰蓝，清康熙十连屏风木雕，民国血檀木雕，等。还有九百方珍贵砚台，关山月等当代名家书画五百多件。

屯溪老街的形成跟徽商和其地理位置密不可分。明清时期，徽商纵横商界几百年。徽商足迹遍布天下，徽商富可敌国。明代《五杂俎》说："商贾之称雄者，江南首推徽州"。徽商的影响由此可见。

　　老街一带旧时叫"屯浦"，新安江、横江、率水三江汇流形成水埠码头。水为财运，水埠码头渐渐发展起来。到了宋朝，宋徽宗移都临安，也就是现在的杭州。大量的徽州工匠被征调到杭州协助建都。工匠们回到徽州后，建房造店，其风格都与宋城相似。元末明初，精明的徽商程维宗，利用水陆交通之便利，在屯溪老街兴造了47所店铺，用来自主经营，或是用作客栈招徕客商，寄存货物。到了清朝，老街的发展更快，各地商人纷至沓来，在屯溪开店设铺，吃的、穿的、用的，各种各式的店铺鳞次栉比，应有尽有。徽商以屯溪码头为中转站，把药材、茶叶、文房四宝等，运到上海、杭州等地，甚至国外。屯溪老街成名赫赫有名的商业街，声名远播。清康熙《休宁县志》这样记载："屯溪街，县东三十里，镇长四里。"民国初年，屯溪老街被誉为"沪杭大商埠会"。其繁华程度让人不禁想起繁华如梦的大上海。于是，有人称屯溪老街为"小上海"。

　　屯溪老街不仅吸引商贾，也吸引了文人。郁达夫来了，漫步在繁华的老街街头，看着屯溪迷人的夜色，他情不自禁地吟唱道："新安江水碧悠悠，两岸人家散若舟。几夜屯溪桥下梦，断肠春色似扬州。"

三

我们一行人走在老街，很快就分散。有的去品尝美食，有的品赏古玩，有的坐在茶铺品茗。我边走边欣赏，还不停地摄影，唯恐拍漏了哪一处的景致。

老街销售的商品琳琅满目，徽墨歙砚、文人书画、绣品布帛、山珍野味、香茗珍宝、美食佳肴，等等，数不胜数，令人目不暇接。老街被人称为"活动的清明上河图"，一点也不夸张。美国加州建筑学教授把老街誉为"东方的古罗马"，一点也不牵强附会。漫步老街，恍如时光倒流，回到《清明上河图》所描绘的繁华闹市中，走进古罗马时代的繁荣中。

在老街逛街很是惬意，有人还编成歌《逛老街》："走进唐宋元明清，走进清明上河图，一条石板一行诗，引我醉入老街赋。老字号灿烂话徽商，马头墙高高说远古，同德仁，程德馨，还有那徽墨歙砚老店铺。古玩店笑迎四海客，土特产琳琅又满目。胡开文，徽宝斋，还有那徽菜馆的毛豆腐。长长一条步行街，只愿走进不愿出。老街一逛精神爽，赞我中华一明珠。"

　　李生是我的同行，他左手挂相机，右手拿着摄像机，从街头摄到街尾，又从街尾拍到街头，对店铺的牌匾拍得特别认真。他说，这些字写得真好，拍回去好好研究、学习。

　　他这么一说，我也关注起店名来。老街的店铺多是以"楼"、"轩"、"堂"、"斋"、"阁"、"园"、"馆"等命名。比如"老街第一楼"、"徽宝楼"、"万粹楼"、"德阳楼"、老银楼"，"翰林轩"、"荟萃轩"、"步云轩"、"古品轩"、"集雅轩"，"金石堂"、"宣和堂"、"艺海堂"、"聚宝堂"、"观趣堂"，"艺云阁"，"徽宝斋"、"三百砚斋"、"九百砚斋"，等等，不一而足。这些店铺中不少是销售徽墨歙砚之类的文房四宝的，所以店名也起得文绉绉的，可以看出蕴涵其中的徽文化。

有些打出"百年老店"的招牌，如"老徽馆"。"老徽馆"，还特意在馆名下的长方形青石上刻有"本店由上海百年老徽馆创始人路文彬裔孙常掌理"的字样。

从老街回到住地，吃完晚饭，我们一行又返回老街。明月高悬，老街灯火辉煌，行人三三两两，悠然自得。没有了白天的人山人海，也没有了白天的酷热，夜逛老街，又是另外一种风情。

"一生痴绝处，无梦到徽州"，令汤显祖痴绝的徽州，不也是很多人的痴恋吗？

性情黄山松

七月流火的季节，我来到闻名遐迩的黄山。

黄山有奇松、怪石、云海、温泉这"四绝"。"四绝"中，最绝妙的是黄山松。

在我眼里，黄山松是有性格的。

黄山松有情。热情似火，情义并重。

我们登上被徐霞客称为"黄山绝胜处"的玉屏楼。在楼左侧的青狮石旁、文殊洞之上，迎客松早已张开双臂，站在岩石上迎接我们。迎客松看起来雄浑、稳健，姿态优美、大方。它树干苍劲有力，枝叶平展，似是绿云落枝头。枝丫向一侧伸出，似是一热情的长者伸臂迎接八方来客。迎客松不只是迎接我们，所有来黄山的客人，不管你来自何方，不管你贫富美丑，不论你肤色深浅，它一视同仁，它热情的姿态不变，它好客的本性不移，让每一个客人感觉宾至如归，如坐春风。所以，迎客松前宾客如云，八方来客争相和热情的迎客松拍照合影留念。

喜爱迎客松的客人太多了，人们不得不排起长队。烈日炎炎似火烧，长龙似的队伍随着山形而摆。虽被烈日烤，但没有人退出长龙似的队伍，为的是能近距离目睹迎客松的芳容，感爱一下它热情的呼吸，与它来一次亲密接触。

　　我也加入这个"长龙"。经过似乎是一个世纪的等待，终于轮到我了。我站在迎客松前，伸出手臂跟迎客松伸展的"手臂"同一方向，模拟迎客松热情的姿势。我才拍一张照片，就有人催我快点，还有人迫不及待地跑过来，与我并排站在迎客松前。两部相机同时"咔嚓"。迎客松看着这些心急的来客，依旧敞开千年的怀抱，笑而不语。

　　好客的迎客松常常邀来云，请来雾助兴，让来客更是兴味盎然，乐而忘返。

　　瞧，云雾又结伴应邀而来了。它们从远处奔来，像一群穿着白衣白裙的孩子，一路顽皮地嬉笑打闹。云雾如海似潮，遮挡了远处的山，远处的树。云雾又悄悄地跑到我们站立的山峰脚下。我俯身一看，牛奶般的云海如棉絮，似薄纱。

　　云雾实在是手段高明、变化多端的魔术师。它藏起我的脚，藏起我的身子，最后把我整个人都藏起来。我看不见山，看不见好客的迎客松，甚至看不见自己。天和地都在我眼前消失了。迎客松也看不见我，整个世界都看不见我了。真是雾失黄山如仙境，云盖青松隐踪影。

　　惊呼声刺破云海，散出压抑不住的惊喜。那是跟我一样被云雾"吞没"的人发出的声音。我伸手去抓云，张开双臂去搂雾。云雾任我抓，任我搂，它不言不语，轻盈地从我指间钻出，从我怀里逸出。如水的清凉丝丝升起，蒸腾，钻进我的鼻子，把清凉洒了我一身。云雾紧紧把我拥抱，我干脆闭上眼睛，做一次云雾瑜珈，沉浸在大自然的神奇美妙中，享受着黄山这份厚礼。

正当我似是腾云驾雾，飘飘欲仙之际，突然，云雾抽身飘然而去。当人们醒悟过来时，有人伸手牵拉，想挽留云雾，甚至跟着追赶。可是云雾没有为谁停留，它继续潇洒地飘荡。只有迎客松依然张开双臂，迎接四方来客。

中国是"礼仪之邦"，中国人热情好客，两千多年前，孔子就说过"有朋自远方来，不亦乐乎！"迎客松热情的姿态正符合中国人的审美标准，迎客松因而被称为"国之瑰宝"。

迎客松也"走"进人民大会堂，党和国家领导人在"迎客松"国画前，接见世界各国友好使者。"迎客松"成了友好的象征，成了热情好客中国人的写照。

黄山松不只是好客，还有始有终。有迎客松迎接来客，有陪客松陪伴在来客左右。等来客走时，又有送客松侧伸作揖送上一程。

黄山松不仅热情，还多情。情深意重，情意绵绵。

从黑虎松去始信峰途中，一棵奇松远远地呼唤我。它长得很特别，在离地面两米左右高处，分成两个树干，齐肩并蒂，笔直秀气。两个树干粗细相同，高低一致，直指云宵，神采奕奕。从低处到高处，两树干始终紧密相亲，像一对情侣在拥抱，"相守空山不计春"。

这奇松就是连理松。连理松名字源自《看中兴祥征记》："连理，仁木也，或分枝还合，或两树共合。两枝桠或两棵树长到一起，称为连理。"旅游区的景物，其取名往往是三分相似，七分想象，但连理松不是想象，不是杜撰，而是名至实归的"连理"。

我很奇怪，连理松为什么会长成这样？如果不是有情，如果不是有爱，怎么会变成连理松呢？情和爱不只是发生在作为万物之灵的人类身上，也同样发生在植物世界里。也许，黄山松吸收了百年的雨露，千年的阳光，万年的精华，变得有灵气了，也懂得了爱的珍贵，情的缠绵。

看到连理松，我情不自禁想起白居易的诗句"在天愿作比翼鸟，在地愿为连理技"。它来自白居易长篇叙事诗《长恨歌》。《长恨歌》以唐玄宗李隆基和贵妃杨玉环的爱情悲剧为蓝本，歌颂了忠贞不渝的爱情，感染了千百年的读者。

黄山的连理松传说是李隆基和杨贵妃的化身呢。那是唐朝时的七夕之夜。天上，牛郎织女鹊桥喜相会，"柔情似水，佳期如梦"。人间，李天子与杨美人执手相看，缠绵悱恻，誓言旦旦："今生不啻比翼鸟，无异连理枝，百年之后，同去黄山，修身养性，再结连理。"杨美人死后，携着誓言，只身来到黄山，日夜翘首等待心上人。等啊等，云飘来了，雾消散了，几度春华秋实，李天子终于飘然而至。一对有情人在黄山相会，他们喜爱始信峰的秀美，在处化为连理松。

"李杨恋"凄美的传说，忠贞不渝的爱情，感动了无数文人骚客、凡夫俗子的心。连理松更是被视作忠贞爱情的象征，留下许多动人的诗句。清人戴友衡赋诗称赞："狮子峰前连理松，柯交叶互碧重重。为怜同气难分剖，纵使凤来不化龙。"

在连理松前，不少夫妻、情侣，相拥在松前拍影留念。一对年轻的情侣紧紧地拥抱在一起，两人用手在空中挥画，构成一个"心"形。他们大概也想吸一点连理松的灵气，让连理松为他们的爱情作证，让真爱永恒。

连理松旁有一座小桥，桥墩上挂满了连心锁，锁上刻着情侣的名字。连理松，连心锁，都是爱情的象征。

在黄山，我差点与连理松擦肩而过。这里有一个小插曲。我们一伙人从光明顶下来后，有些人已疲惫不堪，不想再去始信峰了。认为黄山的四绝，我们已看过了，再去始信峰不过还是松啊，石啊，大同小异，有什么好看？就这样，大部分人都不去了，仅有几人去始信峰。我很庆幸自己的坚持，如果我跟他们一样中途而返，又怎能见识连理松的风姿？彩虹总是在风雨后，不怕艰辛，才有美景的赏心悦目。

黄山松又是坚强的。它生长的历程，就是一部与艰苦的生存环境搏斗的倔强史。

在天都峰，我看到一奇松，根扎悬崖陡腰处，枝枝叶叶向海侧伸，惊险万状。因其状似探海蛟龙，人们称其为探海松。别看它个子不高，却已陪伴险峰五百多年。有诗颂之："天都绝壁一松奇，古干倾斜势欲离。要与龙王争海域，侧身欲跳舞披靡。"

　　黄山到处是悬崖绝壁，巨大而光秃秃的奇石处处可见。要想在这样恶劣的自然环境生存，非得有坚韧的生命力不可。所以黄山的树种并不多，最多的是松树。黄山松不仅生长在不多的平地上，更多的是生长在悬崖处，绝壁上，石罅间，深壑里，构成一幅幅秀美绝奇、傲视苍穹的奇松绝美图。

　　黄山松之奇绝数不胜数，清代黄山慈光寺的僧人海岳在《黄山赋》有精彩的描述："有负石绝出，干大如胫，而根盘以亩计者；有以石为土，其身与皮干皆石者；有卧而起，起而复卧者；有横而断，断面复横者；有曲者如盖，直者如幢，立者如人，卧者如虬，不一而足。"

　　黄山松具有顽强的精神，它创造了生命的奇迹，它突破了生命底线。它深明"物竞天择，适者生存"之理，充满了生存智慧。它们往往以石为母，寄生于石，破石而立。根部异常发达，且大于树干，有的甚至比树干大数十倍。黄山松除了从空气、阳光、雨雪、石缝间吸收所需养份，它还有独到之处，它那强大的根部能分泌出自体需要的有机酸。这种有机酸，慢慢渗进花岗岩，天长日久一点点浸蚀它，风化它，形成岩土，为己所用，固松之根部。所以，就是再猛烈的风也不能摧垮它，再凛冽的寒霜也不能使其屈服。

　　在黄山，我看到这样的画面：一块巨大的岩石，经过千年的风吹雨打，裂开一条窄窄的缝。不知是风的多情，还是鸟的有意，把一粒松树种子遗落在那条窄缝间。阳光来慰问，雨露来关爱，种子吸取天地之精华，终于擎起一点点生命的绿，虽然外表看起来那么孱弱，但是内心坚强无比。这种坚强刚韧和生存智慧，伴随黄山松千万年的时光，长在悬崖绝壁之上，风雪侵凌依然苍绿，生机盎然。

　　是的，黄山松是有性格的，是有精神的。

后　记

为了梦中的江南

江南曾是我梦中一朵花。

这花开在湖边的一棵桃树上，如云似海，西子湖就是那个披着粉红色纱巾的姑娘。

江南是一幅画。

小桥，流水，枕水人家。粉墙，黛瓦，马头墙，回廊，花格窗。

阿牛划着船，划过青青的石板桥。桥上阿娇青涩的身影，映在荡漾的河面，投在阿牛划过的乌篷船上。

江南是一首诗。

烟雨朦朦，杏花春雨，铺满青石板的小巷，走出一个身穿蓝布印花的姑娘。宽大的油纸伞，撑不住，她丁香般的愁怨。戴望舒平平仄仄的诗行里，落满了她的太息。

梦中的江南是如此美丽，教我如何不寻觅。

为了寻找梦中的江南，近三年内，我有四次在不同的季节到江南。有个人自助游，也有跟团游。杭州、苏州、上海、南京、无锡、乌镇等地留下了我的屐痕。有的地方不止去过一次。我看到了不同季节的江南，我看到了古诗词中充满意境的江南。江南真是美极了！我陶醉在江南的湖光山色中，我迷醉于江南的烟雨楼台中。

每一次旅行，我把眼中的江南、心中的江南、历史中的江南、诗词中的江南，用镜头、用文字记录下来。这些写江南的旅游散文，陆续发在《散文选刊》《东方散文》《华夏散文》《中国文学》《中国散文家》《旅游》《青春美文》，新西兰《先驱报》等国内外的报刊上。《西湖松鼠》等旅游散文还在全国性的散文大赛中获奖。

爱一个地方有时不需要理由，有些理由也说不清、道不明。它是一种日积月累的喜欢堆积的情感，形成一种情结。我承认，我有"江南情结"。像我一样有"江南情结"的人还真不少。我愿意把我的"江南情结"写下来，把我的江南行踪记录下来，跟爱江南的人一起分享。

《有一种生活叫"江南"》中各篇目并不是写作于同一时期，有以前写的，也有新近写的。在写作中，我除了描绘江南的美景美色，还侧重于挖掘江南悠久的历史、丰富的文化底蕴。文化底蕴是江南的"魂"。

由于水平有限，错误在所难免，敬请斧正。